욕망의 힘

욕망의 힘

착한 욕망을 깨우는 그림

이명옥 지음

다산
책방

"이 세상에는 자신을 풍요롭게 하는 착한 욕망이 있는 반면
또 다른 욕망을 갈망케 하여
착한 욕망을 축소시키거나 파괴하는 나쁜 욕망이 있다."

_말렉 슈벨

우리 안의 선한 욕망 깨우기

사춘기 시절부터 어렴풋하게 욕망이 나 자신을 비추는 거울이라고 느꼈던 것 같다. 욕망의 거울에 비친 나는 너무도 다양한 얼굴을 갖고 있었다.

식욕, 수면욕과 같은 기본적인 욕망이 있었다. 다른 사람의 인생을 모방하고 싶었고, 나 자신이 누구인지도 알고 싶었다. 미인이 되기를 갈망했고 값진 물건을 소유하고 싶었다. 사랑하고 사랑 받기를 원했다. 그리고 무언가를 창조하고 싶은 욕구와 상대를 파괴하거나 지배하고 싶은 어두운 충동도 느꼈다. 이렇게 수많은 욕망이 모습을 바꿔가면서 나타나곤 했다.

나는 내 삶의 진짜 주인이 아니었다. 욕망이 투영되는 거울에 불과

했다. 내가 온통 욕망의 덩어리라는 것, 욕망을 실현시키는 도구일 뿐이라는 생각은 젊은 나를 불안과 혼란에 빠뜨렸다. 그 혼돈 속에서 욕망의 실체를 들여다보고 싶은 새로운 욕망이 생겨났다. 궁금했다. 인간의 본성을 탐구하는 예술가, 문인, 인문학자들도 나처럼 욕망에 시달리는가. 또 그렇다면 그들은 욕망을 어떤 방식으로 다스리는가.

이런 의문을 해소하기 위해 미술작품을 감상하고 세계문학과 인문학에 빠져들었다. 욕망은 예술과 문학, 인문학의 영원한 주제였다. 그것들은 내 눈에는 보이지 않는 욕망을 볼 수 있도록 해주었다. 그리고 가르쳐주었다. 욕망은 생명을 꽃피우는 강렬한 에너지로, 그 에너지는 순환하고 소멸되지 않으며 오직 죽음만이 멈추게 할 수 있다고. 따라서 착한 욕망과 나쁜 욕망을 구분하는 능력을 길러야 하며, 욕망도 잘 관리해야 한다는 것을.

그런 예로 고대 그리스의 철학자 에피쿠로스는 자신에게 필요한 욕망과 불필요한 욕망을 구분하는 훈련을 쌓으라고 충고했다. 작은 쾌락을 포기하면 최고의 쾌락을 얻을 수 있다는 것이다. 그러나 훌륭한 스승들의 가르침에도 불구하고 아직까지도 욕망으로부터 자유롭지도, 벗어나지도 못하고 있다. 욕망이 충족되는 순간의 기쁨은 허망할 정도로 짧고 결핍을 채우려는 욕구는 늘 허기진 상태로 남아 있기 때문이다.

나는 내가 경험한 예술작품과 문학, 인문학에 나타난 욕망의 민낯을 가능한 이 책에 담으려고 노력했다. 과도한 욕망으로 고통 받는 사람들에게 그림과 글이 내면의 선한 욕망을 깨울 수 있다고 믿고 있기 때문이다. 머리글을 쓰고 있는 이 순간에도 이 책이 좋은 반응을 얻고 독자들로부터 많은 사랑을 받기를 바라는 강렬한 욕망이 솟구친다.

그렇다고 그런 마음을 탓하지는 않는다. 프랑스의 철학자 파스칼은 "욕망은 바로 살아 있다는 증거"라고 말했다. 욕망하는 나는 이렇게 자신을 위로한다. '나는 살아 있구나.'

책의 도판을 제공해준 작가들과 다산북스 관계자에게 깊은 감사를 드리며.

2015년 7월

이명옥

2부 나쁜 욕망 극복하기

3부 성취욕, 존재 추구에 대한 욕망

4부 소통, 관계 회복에 대한 욕망

1부

사랑, 원초적 욕망

유혹은
욕망의 스승

㊛ 잭 베트리아노, Game on

내게 저항할 수 있다고 믿었던 그 교만한 여자가 결국 내게 정복당했습니다. 그 여자는 내 소유가 되었습니다. (…) 대개 여자들은 처음 정복당할 때는 어느 정도의 저항을 하는 법이지만 나는 이제껏 이런 쾌락은 맛본 적이 없습니다. 그러나 그것은 사랑의 매력은 아니지요. (…) 쓰라린 전투 끝에 획득한 전리품이며 교묘한 작전을 통해 결정된 완벽한 승리입니다. (…) 그 여자를 정복하면서 느꼈었고 지금도 느끼고 있는 이 강렬한 기쁨은 다름 아닌 영광의 희열이라 하겠습니다.

—라클로의 『위험한 관계』에서 발몽 자작이 메르퇴유 후작 부인에게 보낸 편지에서

잭 베트리아노 | Game on | 2007년

피에르 쇼데를로 드 라클로의 서간체 소설 『위험한 관계』의 남자 주인공 발몽 자작은 치명적인 매력을 가진 옴 파탈(팜 파탈의 상대어로 치명적인 매력으로 유혹해 상대 여자를 파멸시키는 남자)이다. 그가 18세기 프랑스 귀족 사교계의 연애술사가 된 비결은 뛰어난 유혹의 기술에 있었다. 비법은 두 가지다.

첫째, 쾌락과 사랑을 철저히 구분했다. 이 매력적인 여자사냥꾼에게 쾌락은 성적 모험을 의미한다. 성적 모험을 통해서 자신의 존재감을 확인하려는 남자가 사랑을 거부하는 것은 당연한 현상이다. 사랑은 쾌락의 순도를 높이는 데 방해가 된다. 사랑에 빠지면 감정에 대한 지배력을 잃게 되니까. 그는 열정에 불타지만 마음을 냉각시키는 열·냉탕 러브 트레이닝으로 감정의 근육을 단련시켰다.

둘째, 연애를 공격과 방어라는 전술적 관점에서 접근했다. 전술의 핵심은 유혹하고, 정복하고, 차버리기다. 성적으로 헤픈 여자가 아닌 아름답고 정숙한 투르벨 법원장 부인을 사냥감으로 선택한 것도 저항이 공격 욕구를 강하게 자극하기 때문이다. 지배와 정복의 욕망을 충족시키고 사랑의 권력자가 되는 것이 유혹의 진정한 목적이었다는 뜻이다. 『위험한 관계』가 연애심리서의 백미로 꼽히게 된 것도 성욕과 사랑, 질투와 애증의 본질을 예리하게 꿰뚫고 있기 때문이다.

'사랑보다 아름다운 유혹'은 스코틀랜드 출신의 화가인 잭 베트리아노의 영원한 주제이기도 하다. 그림의 배경은 호텔방인 듯, 두 남녀가 진하게 스킨십을 한다. 다음 장면을 쉽게 상상할 수 있다. 두 사람은 침대로 가서 격렬한 정사를 벌이리라. 베트리아노의 그림은 설명이나 해석이 필요 없다. 마치 영화의 한 장면을 보는 것처럼 누구라도 몇 초 안에 이해할 수 있다. 한마디로 그림으로 보는 에로틱 영화다. 그런 이유에서 대중은 스토리텔링 화면구성과 현란한 표현 기법으로 인간의 원초적 본능인 관음증을 자극하는 그의 그림에 열광한다.

심지어 독학으로 미술을 공부해 인기 화가가 된 그에게 '욕망을 그린 화가'라는 멋진 별명도 붙여주었다. 작품 가격도 비싸고 복제품도 인기 상품으로 팔리고 있다. 그의 그림은 내 안에 잠재된 성적 욕망의 정체를 비추는 거울이다. 유혹하고, 유혹받고 싶은 욕망이 욕망의 스승이라는 것을 깨닫게 한다.

착한 욕망

🕊 키스 반 동겐, 천사장의 탱고

미국의 인지신경과학자인 '오기 오가스'와 '사이 가담'은 인간의 성욕에 대한 흥미로운 주장을 했다. 남자와 여자의 성적 신호는 다르다. 남자의 뇌는 여자의 뇌보다 시각적 자극에 더 민감하게 반응하도록 만들어져 있다는 것. 남자들이 야한 사진이나 야동(야한 동영상) 보기를 좋아하는 것도 자연스런 현상이란다.

네덜란드 태생의 화가 키스 반 동겐은 섹시한 이미지에 열광하는 남자의 본성을 잘 알고 있었던 것 같다. 그렇지 않다면 양복을 입은 남자 천사가 벌거벗은 여자와 구름 위에서 황홀경에 빠져 탱고를 추는 야한 그림을 그렸겠는가. 그림 속 남녀 주인공의 신분도 실로 파격적이다. 남자는 천사의 우두머리인 천사장이고 여자는 환락

키스 반 동겐 | 천사장의 탱고 | 1923~35년

가의 댄서다. '착한 남자 나쁜 여자'라는 공식을 보여주는 이 그림은 당시 남자들이 여자를 어떻게 바라보았는지 적나라하게 드러내고 있다.

20세기 초반 유럽 미술계에서는 여자를 단지 성적 대상물이나 성욕을 가진 동물로 묘사한 그림들이 다수 그려졌다. 키스 반 동겐은 강렬한 색채와 대담한 붓질로 남성의 성욕을 자극하는 여자들을 화폭에 노골적으로 표현한 대표적인 화가였다. 그가 매혹적인 여체를 빌려 남자의 은밀한 욕망을 표현한 의도는 무엇일까?

성욕은 감정과 행동의 가장 중요한 요소이고 육체는 영혼의 우위에 있으며 남자는 여자를 성적으로 지배하는 권력자라는 것을 알려주기 위해서였다. 욕망의 포기는 삶의 의미를 상실하는 것과 같으니 성욕을 삶의 에너지로 적극 활용하라는 키스 반 동겐의 그림은 철학자 말렉 슈벨의 『욕망에 대하여』에 나오는 문장을 떠올리게 한다.

이 세상에는 자신을 풍요롭게 하는 착한 욕망이 있는 반면 또 다른 욕망을 갈망케 하여 착한 욕망을 축소시키거나 파괴하는 나쁜 욕망이 있다. (⋯) 욕망의 과잉이나 무분별한 쾌락은 궁극적으로는 정열을 망치는 결과를 낳는다.

그러므로 최상의 욕망은 제어된 욕망이고 좋은 욕망은 절제

된 욕망이다.

철학자는 욕망에서 해방되는 방법을 알려주었지만 문제는 실천
하기는 너무도 어렵다는 것.

충동적 맹목적이며
윤리에서도 자유로운 그것

🐌 카라바조, 모든 것을 이기는 사랑

그림 속의 미소년이 관객을 향해 눈웃음을 짓고 있다.

아이의 순수함과 성인의 섹시함을 함께 지닌 이 소년은 그리스 신화에 나오는 사랑의 신 큐피드(아모르)다. 17세기 이탈리아 화가 카라바조는 커다란 날개와 오른손에 쥔 두 개의 화살로 사랑스런 소년의 정체가 큐피드라는 것을 알려주고 있다.

소년의 발밑에는 건축용 T자, 컴퍼스, 바이올린, 현금, 악보, 갑옷 등이 어지럽게 흩어져 있다. 과학 도구는 냉철한 이성, 갑옷은 육체적 힘, 바이올린과 현금, 악보는 교양을 상징한다. 사랑이 인간에게 필요한 기술문명이나 군사력, 예술보다 강하기 때문에 도저히 저항할 수 없다는 뜻이다. 카라바조는 '사랑은 모든 것을 정복한다'라는

카라바조 | 모든 것을 이기는 사랑 | 1600년경

메시지를 강조하는 도구로 자신이 개발한 명암법을 활용했다. 명암법은 빛과 그림자의 상호작용을 통해 형태를 또렷하게 드러내는 회화기법을 말하는데 관객의 시선을 그림 속으로 집중시키는 효과가 뛰어나다.

소년의 땀에 젖은 머리카락, 배의 주름살, 사랑의 승리(victory)를 의미하는 V자 모양으로 벌어진 허벅지, 허벅지를 애무하는 날개의 감촉, 노출시킨 성기와 같은 강조할 부분에는 강한 인공조명을 비추고 나머지는 어둠 속에 숨겼다. 극적인 명암대조법으로 관능적이고 감각적이며 촉각적인 사랑의 속성을 생생하게 보여준 것이다.

고대 로마의 시인 베르길리우스의 대서사시 『아이네이스』 제4권에는 사랑의 힘이 얼마나 강력한지 공감하게 만드는 문장이 나온다. 트로이아의 영웅 아이네아스에게 배신당한 카르타고의 여왕 디도는 실연의 고통을 이기지 못해 연인이 떠나자 스스로 목숨을 끊는다.

> 사랑에 미친 자에게 서약이나 신전이 무슨 소용인가. 사랑의 열정은 내내 그녀의 부드러운 골수를 파먹고 불행한 디도가 사랑의 불길에 휩싸여 도시를 미친듯이 쏘다니는 모습은 마치 화살맞은 암사슴과 같았다.
>
> (…) 그녀는 아이네아스와 헤어지고 별들이 잠자리를 청하

면 빈집에서 홀로 슬퍼하며 그가 머물다 간 긴 의자에 쓰러져 누웠다. 그는 그곳에 없건만 그녀에게는 그가 보이고 그의 목소리가 들렸다. (⋯) "복수도 못하고 죽어야 하나" 하고 그녀는 말했다. "그래도 죽을 테야. 이렇게, 이렇게, 어둠의 세계로 내려가는 건 축복받은 구원인 게야. 저 무정한 트로이인이 저 멀리 바다 위에서 이 화장의 불길을 홀린 듯 바라보는 중에 내 죽음의 홍조가 그에게 달라붙기를!"

이 글을 읽고 그림을 다시 감상하면 카라바조가 왜 큐피드를 어린 소년의 모습으로 표현했는지에 대한 의문이 풀리게 되리라. 사랑은 아이처럼 충동적이고 맹목적이며 윤리도덕에서도 자유롭다고 말하기 위해서다.

나쁜 남자,
피카소

🐜 파블로 피카소, 꿈

이 그림은 현대미술의 황제로 불리는 피카소의 작품 가운데 가장 비싼 작품(약 1720억 원)이다. 왜 그토록 비싼 값에 팔렸을까? 피카소의 그림 중에서 가장 아름답고 사랑스럽기 때문이다.

그림 속 모델은 피카소의 연인 마리 테레즈 발테르다. 피카소는 45세인 1927년, 길거리에서 만난 17세의 소녀 마리 테레즈에게 첫눈에 반해 사랑에 빠졌다. 훗날 마리 테레즈는 자신의 순진함을 《라이프》지에 이렇게 털어놓았다.

당시 17세였던 나는 인생에 대해서도 피카소에 대해서도 아

파블로 피카소 | 꿈 | 1932년

무엇도 몰랐던 순진하고 어린 소녀였다. 피카소는 라파에트 백화점에 쇼핑하러 간 나의 팔을 잡더니 이렇게 말했다.

'나는 피카소요, 당신과 나는 함께 엄청난 일을 하게 될 거요.'

피카소? 전혀 들어본 적이 없는 이름. 그저 그의 넥타이가 멋지다고만 생각했다.

그러고는 그에게 매혹되었다.

이후 10년 동안 마리 테레즈는 피카소의 연인이며 예술의 뮤즈로 그의 작품세계에 커다란 영향을 끼쳤다. 피카소가 22세의 마리 테레즈의 잠든 모습을 그린 이 초상화는 그가 어린 연인에게 얼마나 매혹 당했는지 말해주고 있다. 빨강, 노란색 의자와 초록색 벽지의 강렬한 보색 대비, 마리 테레즈의 육체와 의자, 꽃문양 벽지의 부드럽고 유연한 곡선, 보석목걸이와 노출된 왼쪽 젖가슴, 은밀한 부위를 가린 두 손으로 성적 욕망과 정열을 표현했다.

피카소는 미술계의 카사노바 또는 돈 주앙으로 악명이 높다. 창작의 에너지를 얻기 위해 아름다운 연인들을 희생물로 삼았다는 비난을 받았으며 그럴 만한 근거도 있다. 그는 한 여자를 깊이 사랑하면서도 동시에 다른 여자를 사랑하는 능력을 가진 나쁜 남자였다. 초상화의 모델인 마리 테레즈와 내연의 관계를 유지할 때도 아내 올가와 헤어지지 않고 이중생활을 즐겼고 심지어 미모의 사진작가인 도라 마르를 애인으로 삼았다. 여성편력의 피해자인 피카소의 여인들은 실연의 고통을 이기지 못해 자살하거나 정신병으로 비참하게 생을 마감했다.

그는 왜 한 여자에게 만족하지 못하고 아름다운 여자들을 정복하는 것에 쾌감을 느꼈던 걸까? 프랑스의 지성으로 알려진 작가 지루와 철학자 레비의 대화에서 해답을 얻을 수 있겠다.

> 프랑수아즈 지루: 이 여자에게서 저 여자로 미친 듯이 쫓아다니게 하는 광기는 왜 생깁니까?
> 앙리 레비: 당신은 내게 왜? 하고 묻는군요. 대답은 간단합니다. 당신도 알다시피 그것은 호기심입니다. 세상의 어느 여자도 관능적 쾌락은 같을 수가 없거든요. (…) 사람 수만큼 다양하고 새로운 암호처럼 매번 다르죠. 흥분도 다르고 약간씩 다른 애무, 그래서 더 자극적이죠. 돈 주앙이란 바로 이런 것에 호기심을 가진 사람이죠. 새로운 여자를 만나는 것은 다른 육체, 다른 목소리, 다른 태도를 만나는 것이니 이 얼마나 짜릿한 모험입니까?

피카소는 성적으로 방종한 삶을 살았지만 성욕을 예술로 승화시

컸다는 이유로 면죄부를 받았다. 그가 나쁜 남자가 아니었다면 이 아름다운 그림도 태어나지 않았을 테니까.

깨진 물그릇
콤플렉스

🐚 장 바티스트 그뢰즈, 깨진 주전자

현대미술에서는 찾아보기 힘들지만 20세기 이전에는 도덕적인 교훈이 주제인 그림들이 그려지곤 했다. 18세기 프랑스의 장 바티스트 그뢰즈는 교훈화를 그린 대표적인 화가였다.

소녀티가 완연한 젊은 여성이 생각에 잠긴 채 서 있다. 화가는 꽃다운 처녀의 미모를 강조하기 위한 듯 예쁜 꽃으로 머리를 장식하고 비단 치마폭에 꽃을 가득 담고 있는 아름다운 장면을 연출했다. 흥미로운 점은 사랑스러운 미녀가 깨진 도자기 주전자를 팔에 끼고 있다는 것. 생뚱맞게 깨진 주전자가 인물화에 등장한 이유는 무엇일까?

처녀가 순결을 잃은 타락한 여성이라는 뜻이다. 과거 가부장적

장 바티스트 그뢰즈 | 깨진 주전자 | 1777년

사회에서 여성의 혼전순결은 숭배되었다. 미혼여성이 처녀성을 잃은 상태를 '몸을 더럽혔다'라고 비유한 것에서도 나타나듯 처녀성의 상실은 본인의 불행이었고 더 나아가 가족의 수치, 재앙이었다.

이 그림은 여성의 육체적 순결에 집착하던 시대의 보수적인 성 윤리관을 적나라하게 보여주고 있다. 처녀성을 잃은 여성은 충동적인 감정에 휘말려 앞날을 망친 자신의 경솔한 행동을 깊이 후회하고 있다. 물이 새는 주전자처럼 결혼 시장에서 상품가치가 없어졌으니 이보다 더 큰 불행이 또 있을까? 그런데 순결 이데올로기를 부추기는 그뢰즈 표 교훈화는 현대미술에서는 더 이상 제작되지 않고 있다. 김별아의 소설 『내 마음의 포르노그라피』에 나오는 문장이 그 대답이 될 수도 있으리라.

> 무엇 때문에 순결했고 무엇을 잃었기에 순결하지 않다고 말하는 것인가? 그 순결은 정체가 없었다. (…) 나는 그저 내 삶을 살았을 뿐이다. 다른 상처들을 앓을 때와 마찬가지로 욕망의 성장통을 앓았을 뿐이다. 나는 결코 스스로를 더럽다고 생각하지 않았고 실로 더럽지도 않았다. 나는 곧 담담해졌다.
> (…) '깨진 물그릇' 콤플렉스는 그 누구의 소유물도 아닌 내게 의미가 없었다.

섹시한
노라

🐾 조반니 볼디니, 콜린 캠벨 부인Lady Colin Campbell

위험한 미녀, 이탈리아 출신의 화가 조반니 볼디니의 초상화 속 여인을 이렇게 부를 수도 있으리라. 차갑고 도도한 이미지의 미녀는 19세기 말 영국 상류사회에 이혼 스캔들을 일으켰던 콜린 캠벨 부인이다.

그녀는 보수적이고 엄격한 영국사회가 요구하는 착하고 순종적인 여성상이 아니었다. 간통혐의로 아내를 고소한 남편을 맞고소할 정도로 도덕과 관습에서 자유로운 여성이었다. 가부장적인 영국사회는 가족과 사회에 대한 의무를 저버린 콜린 캠벨 부인을 가혹하게 응징했다. 사교계에서 추방당하는 치욕을 겪게 한 것, 그러나 그녀는 남편이 세상을 떠난 것을 계기로 인생 제2막을 열게 된다. 책

조반니 볼디니 | 콜린 캠벨 부인Lady Colin Campbell | 1897년

의 저자, 예술잡지의 평론가로 활동하는 등 신여성으로서의 삶을 충실히 살아갔다.

유럽 최고의 초상화가로 명성을 떨쳤던 볼디니는 사회제도의 위선과 인습에 도전한 캠벨 부인의 미모와 개성을 재현하기 위해 치밀하게 화면을 연출했다. 차갑고 위험하며 섹시한 색인 블랙으로 만든 드레스를 선택해 모델의 흰 피부를 강조했고 물 흐르듯 매끄러운 붓질로 큰 키와 늘씬한 여체의 곡선을 드러냈다.

그리고 신속한 터치로 역동적인 몸의 에너지를 포착했다. 그 결과 관능적이면서 자신의 욕망에 충실한 위험한 미녀상이 탄생한 것이다. 최초의 페미니즘 희곡으로 평가받는 헨리크 입센의 『인형의 집』에서는 부부 사이에 이런 대화가 오간다.

> "행복한 줄 알았죠. 하지만 한 번도 행복한 적은 없었어요. (…) 나는 당신의 인형 아내였어요. 친정에서 아버지의 인형 아기였던 것이나 마찬가지로…… 그게 우리의 결혼이었어요. 나는 나 자신과 바깥일을 모두 깨우치기 위해 온전히 독립해야 해요. 그래서 더 이상 당신 집에 있을 수가 없어요."
> "저런 기가 막히는군, 노라, 당신이 거룩한 의무를 저버릴 수 있다니."
> "나의 거룩한 의무가 뭔데요?"

"그걸 내가 굳이 말해야 아나? 남편과 아이들에 대한 책임
이지 뭐야!"

"내게는 그만큼이나 거룩한 또 다른 의무가 있어요."

"그런 건 없어 대체 무슨 의무인데?"

"바로 나 자신에 대한 책임이에요."

캠벨 부인의 초상화는 가부장적 관습에 순응하는 천사표 여성의
시대는 가고 여성의 권리와 독립을 갈망하는 노라의 시대가 열리고
있음을 보여주고 있다.

사랑 뒤에
남는 것

🌊 그웬 존, 어깨를 드러낸 소녀의 초상

영국 출신의 여성화가 그웬 존의 누드화는 늦가을 대기처럼 쓸쓸하고 애잔하다. 그녀는 아직 소녀티를 벗지 못한 가냘픈 처녀의 벗은 몸을 그렸다.

쇄골이 드러난 앙상한 어깨, 힘없이 늘어뜨린 가늘고 긴 팔, 작고 여윈 젖가슴, 슬픔에 젖은 눈동자가 보호본능을 불러일으킨다. 이 그림에는 그웬 존 화풍의 특징이 잘 드러나 있다. 그것은 미술사에서 찾아보기 어려운 여성의 내면세계가 반영된 심리적인 누드화를 말한다.

그웬 존이 활동하던 시절 여성 누드화는 남성화가들이 독차지했다. 미술사가인 존 버거에 따르면 여성은 누드화를 그리는 주체가

그웬 존 | 어깨를 드러낸 소녀의 초상 | 1909~10년

될 수 없었으며 단지 그려지는 대상에 불과했다. 남성화가들은 남성의 성적 환상과 지배욕, 관음증을 자극하기 위한 용도로 여성 누드화를 그렸다. 여성 모델의 심리상태를 표현하는 데는 관심조차 두지 않았다.

관객도 컬렉터도 모두 남성이었던 시절이었다. 그러나 그웬 존은 여성이 여성 누드화를 그리는 새로운 영역에 도전했다. 누드화를 선택한 것은 인간의 나체가 인간의 본성을 이해하는 핵심적인 요소라고 믿었기 때문이다. 옷을 벗는 행위는 제도와 관습에서 자유로운 정신, 순수하고 결백한 본연의 존재로 돌아가고 싶은 갈망을 의미한다고 생각했던 것이다. 그런데 젊은 여성의 벗은 몸을 그렸는데도 야하게 느껴지기는커녕 가슴이 먹먹해지는 까닭은 무엇일까? 불행한 사랑에서 대답을 찾을 수 있겠다.

그웬 존은 조각의 거장 오귀스트 로댕의 숨겨진 여자였다. 28세에 63세의 로댕을 만나 불같은 사랑에 빠졌다. 여성편력으로 악명 높은 로댕에게 순정을 바치며 10년이 넘도록 로댕의 연인, 모델, 조수 역할을 도맡았지만 그를 소유할 수 없었다. 그녀는 이루어질 수 없는 사랑에 마침표를 찍고 가톨릭에 귀의한 후 1939년 세상을 떠날 때까지 그림과 신앙생활에만 몰두했다.

그웬 존의 작품은 그녀가 세상을 떠난 뒤 뒤늦게 미술계의 인정을 받았지만 이 그림을 그리던 시절에는 관심의 대상이 아니었다.

생애 처음이자 마지막인 사랑을 떠나보내고 스스로 선택한 고독이 이 누드화에 반영되어 있는 것이다. 여성화가의 내면이 투영된 누드 초상화는 전혜린의 에세이 『이 모든 괴로움을 또 다시』에 나오는 문장을 떠올리게 한다.

> 나는 가시를 하나 품고 있다. 내 가슴의 가장 깊은 곳에. 때때로 난 그곳이 아픈 것을 느낀다. 그러면 난 아주 아주 홀로 가장 어두운 방 속에 있고 싶어진다. 거기서 촛불이 타는 것을 바라보고 싶다.

나는 혼자일 때만 진정한 나 자신일 수 있다는 자각을 그림과 글로 증명했던 두 여성 예술가를 추모하고 싶다. 이렇게 밤이 깊어가고 있으니까.

욕망할
자유

타마라 드 렘피카, The Musician

20세기 중반까지 여성 예술가에게 에로티시즘은 금기의 영역이었다. 여성은 남성의 성적 환상을 충족시키는 대상이었을 뿐 성적 주체가 아니었다. 창조성이 남성의 전유물이었던 시절, 여성 예술가가 성적 욕망을 드러내는 작품을 창작하면 어떤 일이 벌어질까? 단적으로 말하자면 인격적 자살이다. 사회적 매장을 각오해야 한다는 뜻이다. 폴란드 출신의 여성화가인 렘피카는 남성에게만 여성의 관능미를 창작할 수 있는 권리가 주어지던 시절, 대담하게도 여성의 에로티시즘을 그림에 표현했다.

이 그림은 남성화가가 표현한 관능미와 여성화가가 표현한 관능미가 어떻게 다른지를 보여준다. 렘피카는 메이크업과 패션을 강조했다. 강렬한 청색 드레스를 입고 악기를 연주하는 여자를 보라. 마

타마라 드 렘피카 | The Musician | 1929년

치 사이버 미녀 같다. 진주 가루를 뿌린 듯 광채가 나는 무결점 피부, 진한 스모키 눈화장, 빨간색 립스틱으로 포인트를 준 메이크업은 세련된 도시 여성의 모습이지만 표정이 없다. 덕분에 섹시하면서 강인한 현대적 미녀가 창조되었다.

렘피카는 왜 화장술을 강조했을까? 인공미가 자연미보다 여성의 성적 매력을 더욱 발산시킨다는 것을 경험과 본능으로 알고 있었기 때문이다. 렘피카는 대중잡지의 표지 모델로 선정될 정도로 뛰어난 미모를 지닌 데다 도덕과 관습에 얽매이지 않는 자유분방한 영혼의 소유자였다. 미모와 야심, 재능을 가진 그녀는 섹스 스캔들의 주인공이 되는 것도 전혀 두려워하지 않았다. 화려한 남성편력과 양성애 등의 은밀한 성 체험까지도 솔직하게 그림에 표현할 정도였다.

남성이 여성에게 투영한 가짜 욕망이 아닌 진짜 욕망을 그린 렘피카의 그림은 관객들에게 큰 충격을 주었다. 그래서 그녀를 여성 해방의 선구자라고 주장하는 사람들도 많다. 프랑스의 철학자 시몬느 드 보부아르는 이렇게 말했다.

여자들이 약해서가 아니라 강하기 때문에, 자신에게 도망치기 위해서가 아니라 자기 자신을 찾기 위해서, 자신을 낮추기 위해서가 아니라 자신을 존중하기 위해서 사랑하는 날이 오게 되면 그때 사랑은 남자와 여자 모두에게 치명적인 위험이 아니라 삶의 근원이 될 것이다.

여성으로서의 자각과 존재의 이유를 묻는 시몬느 드 보부아르의
글은 렘피카가 에로틱한 그림을 그린 의도에 대한 궁금증을 풀어주
었다. 그렇다면 이 그림을 여성화가가 자신의 성 정체성을 탐구한
욕망의 일기라고 불러도 좋으리. 미술에서 여성도 남성처럼 성적
주도권을 가질 수 있는 시대가 온다는 것을 예견한.

자신을
완성한 여자

✿ 레오노르 피니, '봄의 수호자' 속의 여인

사랑스런 악녀, 아름다운 여전사, 섹시 여신! 아르헨티나 태생의
여성화가 레오노르 피니에게 바치는 찬사다. 피니의 자화상에서도
나타나듯 그녀는 잠자는 숲속의 공주나 백마 탄 왕자를 기다리는
신데렐라 같은 여자가 아니다.

강렬한 눈빛 언어, 화사한 꽃으로 장식한 빨강 머리, 우아하면서
도 당당한 몸짓은 미모와 재능, 강한 개성, 열정적인 예술가였다는
정보를 알려준다.

유럽 미술사를 펼치면 사랑스런 악녀로 불리는 극소수의 여성화
가들을 만나게 된다. 그녀들은 남성들이 만든 전통적 여성상의 틀
을 깨고 예술성을 인정받았다는 공통점을 가졌다. 그중에서도 피니

레오노르 피니 | '봄의 수호자' 속의 여인 | 1967년

는 자유분방한 삶, 돌출언행, 화려한 연애편력, 금기에 도전하는 용기, 도발적인 패션으로 초현실주의 예술가들의 찬미의 대상이었던 화가다. 구혼자도 많았지만 결혼을 거부하고 독립적인 삶을 살다 간 싱글녀의 원조이기도 하다.

피니가 가부장제 남성사회가 강요한 순종적인 여성상을 거부한 해방된 여자라는 증거는 다음의 유명한 일화가 말해준다. 어느 날 피니는 한 초현실주의자와 만나기로 약속한 카페에 추기경의 주홍색 예복을 입고 나타나 당돌하게 말했다.

"나는 사제복을 몸에 걸쳤을 때의 신성모독적인 느낌이 좋다."

여성 추기경으로 변장하고 공공장소에 나타난 그녀의 배짱에 기행을 일삼던 초현실주의 남자 예술가들도 두 손을 들었다고 한다.

예술가로서의 명성은 일찍부터 얻었지만 그림은 독학으로 터득했다. 유럽의 미술관에 걸려 있는 세계적인 명화가 그녀의 미술 교사였다. 피니의 창작 에너지는 남성화가들을 능가했다. 책의 삽화, 무대디자인, 카펫, 직물 디자인, 심지어 소설을 쓰기도 했으니 말이다.

이 그림의 메시지도 여성의 자의식과 정체성 추구다. 꽃처럼 화려한 술잔을 빌려 여성이 창조성의 근원이라고 말하고 있다. 심리

학에서 그릇이나 상자, 화덕처럼 오목한 형상은 여성의 성기를 상징하며 칼, 창, 막대기처럼 길고 뾰쪽한 형상은 남성의 성기를 상징한다. 오직 자신만이 삶과 예술의 주인공이라는 피니의 독립적인 인생관은 어록에서도 드러난다.

> 나는 내게 운명 지어진 인생과는 전혀 다른 인생을 살게 될 거라고 늘 생각했어요. 그런 인생을 살기 위해선 저항해야만 한다는 것도 아주 일찍부터 알고 있었습니다.

이 그림은 신념과 의지로 능동적인 삶을 살았던 한 여성화가의 자화상이면서 자율적인 삶을 갈망하는 모든 여성들의 초상이기도 하다. 그녀가 눈빛 언어로 묻는다. 여성들이여! 남들을 따라서 사는 게 싫은가? 자신만의 인생을 선택할 용기와 자신감을 가졌는가?

에로틱하면서
순결한 미인

🎵 이순종, 여인의 향기

처음 그림을 보았을 때 그 여인의 신비한 매력에 사로잡혔
어요. 남성의 보호본능을 불러일으키는 아담하고 가냘픈 몸
매, 잠깐 쉬었다가 자유롭게 날아가는 나비처럼 우아한 자
태, 이런 에로틱하면서도 단아한 아름다움이 창조적 영감을
자극했어요. 덕분에 가부장적 남성중심 시각에서 바라보았
던 성녀, 악녀, 현모양처, 요부라는 이분법적인 여성관을 통
합하는 작품을 수십 점이나 그릴 수 있었죠.

  이순종 작가가 극찬한 그림은 조선 미인도의 백미로 꼽히는 신윤
복의 〈미인도〉를 가리킨다. 신윤복의 〈미인도〉는 그녀가 미인도를

이순종 | 여인의 향기 | 2008년

변주한 작품을 수십 점이나 그렸을 정도로 커다란 영향을 끼쳤다. 옛 그림 속 무엇이 그토록 강렬한 영감을 불러일으켰을까?

세속적인 아름다움 속에 깃든 신성한 아름다움이 창작혼을 자극했기 때문이다. 신윤복의 〈미인도〉에 나오는 여성은 기생으로 추정되니 신분은 천민이다. 화류계 여성인데도 이순종에게는 서양미술의 성모 마리아처럼 신성하게 느껴졌다.

여성을 성녀 아니면 창녀로 구분 짓는 남성 중심의 여성관을 깨는 작품을 만들고 싶은 욕망이 생겼다. 그것은 모순되는 아름다움인 창녀와 성녀의 이중적인 매력을 작품에 표현하는 것을 말한다. 이 색동 문양 액자 속 여성의 얼굴을 보라. 신윤복의 〈미인도〉에 나오는 여성을 쏙 빼닮지 않았는가.

다른 점은 신윤복의 미인은 트레머리라고 불리는 가발을 얹어 머리를 단정하게 장식한 반면 이순종 버전의 미인은 머리카락을 풀어 헤쳤다는 것. 왜 머리카락을 풀어헤쳤을까? 그리고 원형 나무액자를 선택해 전통적인 색동 문양으로 테두리를 장식한 이유는 무엇일까?

풀어헤친 머리카락은 여성의 몸과 마음을 구속하던 억압의 역사에서 해방되고 싶은 욕망을 의미한다. 원형 액자는 기독교 미술의 성모 마리아 이콘(예배용 성화)처럼 신성한 느낌을 주기 위해서이며 색동 문양은 기쁨과 복을 비는 한국적인 미의식을 표현한 것이다.

파울로 코엘료의 소설 『11분』에는 나그 함마디 문서에서 인용한 이 시스 찬가가 실려 있다.

> 나는 최초의 여자이자 마지막 여자이니 / 나는 경배받는 여자이자 멸시받는 여자이니 / 나는 창녀이자 성녀이니 / 나는 아내이자 동정녀이니 / 나는 어머니이자 딸이니 / 나는 불임자이자 다산이니 / 나는 유부녀이자 독신녀이니 / 나는 빛 가운데 분만하는 여자이자 결코 출산해본 적이 없는 여자이니 / 나는 출산의 고통을 위로하는 여자이니 / 나는 아내이자 남편이니 / 그리고 나를 창조한 것이 내 남자라 나는 내 아버지의 어머니이니 / 나는 내 남편의 누이이니 / 그리고 그는 버려진 내 자식이니 언제나 날 존중하라 / 나는 추문을 일으키는 여자이고 더없이 멋진 여자이니

성녀와 악녀의 경계를 깨기 위해 한국적인 에로티시즘과 이콘화의 성스러움을 융합한 이순종표 〈미인도〉는 이시스 찬가를 그대로 그림에 옮긴 것 같구나.

당신의 뮤즈가
되겠어요

🦢 막스 베크만, 핑크색 점퍼를 입은 크바피

　이 그림은 20세기 독일 화가 막스 베크만이 두 번째 아내인 마틸데 폰 카울바흐를 그린 것이다. 이 초상화에 흥미를 느낀 것은 모델을 표현한 방식 때문이었다.

　베크만은 아내를 이상화된 뮤즈로 그리지 않았다. 강한 개성과 자의식을 가진 매력적인 현대 여성으로 표현했다. 대부분의 초상화에서 여성 모델은 그림의 주인공이 아니라 대역에 불과했다. 인간 천사, 정물처럼 움직이지 않는 인간 정물, 남성의 관음증을 자극하는 성적 대상물로 연출되곤 했다. 즉 작품의 진짜 주인공은 창조자인 남성 예술가였다. 그러나 파란 소파에 다리를 꼬고 앉아 담배를 피우고 있는 마틸데의 모습을 보라. 자신만의 세계를 가진 여자, 사

막스 베크만 | 핑크색 점퍼를 입은 크바피 | 1932~35년

회적 관습에 용감하게 도전하는 여자, 욕망에 솔직한 열정적인 여성상을 보여주고 있지 않은가.

베크만은 촉망받는 음악가였던 마틸데와 20년의 나이 차이를 극복하고 재혼한 후 젊고 아름다운 아내에게 바이올리니스트로 성공할 것인지, 천재 남편의 성공을 도와주는 훌륭한 내조자가 될 것인지 선택하라고 요구했다. 마틸데는 후자를 선택했다. 그 속내가 궁금했었는데 웬디 스타이너의 저서 『진짜냐 가짜냐 모델이냐』를 읽고 의문이 풀렸다.

> 미국의 사진작가 로버트 메이플소프는 모델의 적극적인 참여가 작품의 성공을 위한 가장 중요한 요소라고 생각했다. "사진가는 모델과 더불어 공동 작업을 하는 것입니다. 예술가는 사진을 찍는 절반의 역할만 할 뿐이지요. 예술가가 모델에게서 창작행위에 함께 참여하고 싶은 마음을 이끌어낼 수 있다면 그때는 작업이 순조롭게 진행되고 마법과 같은 순간을 뽑아낼 수 있어요."

이 초상화는 화가와 모델, 남성과 여성이 정복자와 희생자의 관계가 아니라 공동창조자가 될 수 있다는 것을 보여주는 흥미로운 사례로 남아 있다.

예술가의 아내로 살아가려면
부처가 돼라

🐌 아우구스트 마케, 화가 아내의 초상

예술가의 아내 하면 어떤 이미지가 떠오르는가? 창조적 영감을 불어넣는 매혹적인 뮤즈, 창작의 조력자이며 예술적 동반자, 연인이자 아내이자 어머니, 그림의 모델이 되는 영광을 누리게 된 여자 등을 떠올리게 되리라. 이는 뮤지컬 〈모차르트〉에서 모차르트의 아내 콘스탄체가 '나는 예술가의 아내라서 남편에게 영감을 줘야 해'라고 혼자 노래하는 장면에서도 나타나고 있다.

독일의 화가 아우구스트 마케는 예술가의 이상적인 아내상을 인물화에 구현했다. 그림의 모델은 마케의 아내인 엘리자베스다. 마케는 부유한 사업가의 딸인 엘리자베스를 10대 청소년기에 만나 열애에 빠졌다. 그리고 22세에 21세인 엘리자베스와 결혼했다. 젊고 아름다운 아내는 마케의 예술적 영감을 자극했다. 그는 27세로 전쟁터에서 세상을 떠날 때까지 아이를 돌보고, 바느질하고, 책을 읽는 등 아내의 일상생활을 뛰어난 색채 감각을 발휘해 인물화에 담았다. 그 덕분에 예술가의 그림자로 살아가면서 헌신적으로 뒷바라지하는 이상적인 아내상을 창조할 수 있었다. 엘리자베스는 창작에 몰두하는 남편을 전혀 방해하지 않는다.

오직 그의 그림을 위해 과일 그릇을 들고 정물처럼 조용히 서서 포즈를 취하고 있지 않은가. 그런데 예술작품 속의 이상적인 아내상을 현실에서도 찾아볼 수 있을까? 이상적이라는 단어가 말해주듯 말 그대로 이상형에 불과하지는 않을까? 세기적인 작곡가 구스타프 말러의 아내 알마는 그런 세간의 궁금증을 풀어주었다. 그녀는 『회상기』에서 천재 예술가의 아내로 살아가는 고통에 대해 이렇게 털어놓았다.

여름휴가는 오로지 그의 일과 건강과 조용함을 유지하는데 바쳐졌다. 그것은 바로 숨을 죽이고 사는 생활이었다. (…) 아이들은 자기 방에 갇혀지고 나도 피아노를 치거나 노래를 해서도 안 되고 부엌에서 요리사가 소리를 내어서도 안 되었다. 이렇게 가만히 숨을 죽이고 있으면 이윽고 일을 끝낸 그가 나타난다. 그러면 우리는 해방이 되는 것이다. 일이 끝

아우구스트 마케 | 화가 아내의 초상 | 1909년

난 그는 언제나 밝고 쾌활해 있었다.

나는 그의 생활을 살아왔다. 나의 생활이라고는 할 수 없었다. 그의 머리는 자기의 일로 가득 차 있으며 조그마한 일이라도 방해가 되면 화를 냈다. 작곡, 정신의 고양, 자기 부정, 끝이 없는 탐구 등으로 그의 인생은 처음부터 마지막까지 가득 채워져 있었다.

나의 삶이 아닌 남편의 삶을 강요받는 예술가 아내 자리를 누가 감당할 수 있을까? 한국이 낳은 거장 백남준이 아내에게 한 말에서 대답을 얻을 수 있지 않을까?

"시게코, 우리가 젊었을 때 당신은 내게 최고의 연인이었어. 이제 내가 늙으니 당신은 최고의 어머니, 그리고 부처가 되었어."

여성들이여. 만일 예술가가 청혼하면 스스로에게 이런 질문을 던져보라. '나는 부처가 될 각오가 되어 있는가?'

남자다움에
관하여

 존 커린, 홈 메이드 파스타

그림의 배경은 가정집의 주방, 앞치마를 두른 두 남자가 직접 파스타를 만들고 있는 중이다. 두 남자는 들뜬 표정으로 국수 뽑는 기계에서 나오는 국수 가락을 손에 쥐고 신기한 듯 들여다보고 있다.

미국의 화가인 존 커린은 미술에서 거의 찾아보기 어려운 요리하는 남자라는 이색적인 주제를 선택하고 커린 식의 화풍으로 표현했다. 커린 화풍이란 2류 미술작품, B급 영화, 대중적인 잡지 등에서 빌려온 저급한 이미지를 고전미술의 기법, 구성과 결합해 완벽하고도 정교하게 표현하는 것을 말한다.

그는 왜 A급 그림 실력으로 B급 사회상을 그리는 것일까? 대중들의 속물근성을 비웃는 한편 사회 지도층의 권위주의를 조롱하기 위

존 커린 | 홈 메이드 파스타 | 1999년

해서다. 파스타를 만드는 두 남자를 과장되고 우스꽝스럽게 표현한 것도 남자다움을 잃어가는 사회현상과 가부장적 엄숙주의를 풍자하기 위한 것이다. 하비 맨스필드의 『남자다움에 관하여』라는 책에는 이런 글이 적혀 있다.

> 남자다움은 한마디로 "위험 앞에서의 자기 확신"이다. (…) 남자다움의 이상은 잃어버렸지만 남자다운 남자를 동경하는 습관은 여전히 남아 있다. 그리스어인 안드레이아(andreia)는 용기를 가리키는 단어였다. 용기는 바로 두려움을 통제하는 미덕이다. 남자다운 남자는 두려움을 떨치고 일어선다. 그는 두려움을 통제하지만 두려움이 완전히 사라진 것은 아니다. 다만 남자다운 남자는 두려움과 끊임없이 싸울 뿐이다.

익살과 풍자, 예리한 비판의식을 탁월한 묘사력과 결합시킨 존 커린의 그림은 남자다움을 동경하는 시대는 가고 여자 같은 남자, 남자 같은 여자가 새로운 성적 역할의 모델이 되는 성 중립적인 사회가 왔다는 것을 보여주고 있다.

키스는
영혼의 호흡

✿ 콘스탄틴 브랑쿠시, 키스

'아가톤에게 키스할 때 내 영혼은 입술에 실려 있었네.'

고대 그리스 철학자 플라톤의 시 「아가톤에게」에 나오는 구절이다. 플라톤에게 생명은 호흡이며, 입에서 입으로 숨결을 불어넣는 키스는 두 영혼의 합일을 의미했다. 키스는 입술의 접촉을 통해 서로의 영혼을 호흡하는 것이라는 플라톤의 생각은 루마니아 출신의 조각가 콘스탄틴 브랑쿠시의 작품으로 이어진다.

연인들이 두 팔로 서로를 꼭 껴안고 키스를 한다. 두 남녀는 키스 중에서도 가장 감미로운 키스, 모든 연인들이 입맞춤이라면 이래야 한다고 꿈꾸어오던 바로 그런 키스를 하는 중이다.

콘스탄틴 브랑쿠시 | 키스 | 1912년경

브랑쿠시는 둘이면서 하나가 되고 싶은 연인들의 갈망을 완벽하게 조각에 표현했다. 비결은 가장 단순한 기하학적인 형태로 가장 강렬한 메시지를 전달하는 것. 직사각 형태의 돌덩어리를 선택해 원석이 갖고 있는 거친 질감은 그대로 살리면서 최소한의 표현으로 남녀의 형상을 나타냈다. 눈, 입, 팔, 머리카락은 간단한 선을 새겨 표시하고, 여자의 둥근 젖가슴과 긴 머리카락의 특성은 드러내 남녀를 구분할 수 있게 했다.

키스하는 연인들을 사실적으로 묘사하지 않고 단순 간결한 형태로 축약한 것은 키스는 사랑의 원형, 본질, 원초적 행위라는 것을 강조하기 위해서였다. 라우라 에스키벨의 소설『달콤 쌉싸름한 초콜릿』을 읽다가 감동적인 구절을 발견했다.

우리 할머니는 아주 재미있는 이론을 가지고 계셨어요.
우리 모두 몸 안에 성냥갑 한 개씩을 가지고 태어나지만 혼자서는 그 성냥개비에 불을 당길 수 없다고 하셨죠. 방금 한 실험에서처럼 산소와 촛불의 도움이 필요하다는 거예요.
예를 들어 산소는 사랑하는 사람의 입김이 될 수 있어요.
사람들은 각자 살아가기 위해 자신의 불꽃을 일으켜줄 수 있는 것이 무엇인지 찾아야만 합니다. 그 불꽃이 일면서 생기는 연소 작용이 영혼을 살찌우지요.

다시 말해 불꽃은 영혼의 양식인 것입니다.

성냥개비를 태워주는 산소 같은 연인과 키스하고 싶어지는 작품과 글이여!

꿀벌의 윙윙거림만
들리는 순간

 로이 리히텐슈타인, 키스

신문이나 잡지에 실린 만화를 캔버스에 옮긴 것을 예술작품이라고 부를 수 있을까? 미국의 화가 로이 리히텐슈타인의 작품은 관객에게 이런 질문을 던진다.

잘생긴 군인과 금발의 미녀가 키스하는 순간을 그린 이 그림은 한눈에도 만화처럼 보인다. 실제로 미국 대중들이 즐겨 읽는 로맨스 만화에서 이 장면을 가져왔다. 100% 베낀 것은 아니다. 인쇄된 만화 이미지를 환등기를 이용해 캔버스에 확대해서 옮긴 후 붓과 물감을 이용해 손으로 직접 그렸다. 왜 만화의 한 장면을 힘들게 수작업으로 다시 캔버스에 그렸을까?

관객과 소통하는 열린 미술을 창조하기 위해서였다. 리히텐슈타

로이 리히텐슈타인 | 키스 | 1961년
© Estate of Roy Lichtenstein / SACK Korea 2015

인은 상업미술인 만화에서 순수미술이 갖지 못한 장점을 보았다. 만화는 무엇을 그렸는지 이해하기 어려운 현대미술과는 달리 쉽고 간결하고 신속하게 내용이나 의미를 감상자에게 전달할 수 있다. 즉 시각적 호소력이 강하고 감정전달력도 빠르다.

굵은 윤곽선, 삼원색(파란색 배경, 여자의 빨간 입술, 손톱, 의상, 금발) 사용, 세부묘사 생략 등 만화 기법을 이 그림에 활용한 것도 키스의 황홀경에 빠진 연인들의 벅찬 감정을 보다 강렬하게 느끼도록 하기 위해서였다. 프랑스 작가 에드몽 로스탕의 희곡 『시라노』에서 주인공 시라노는 키스의 황홀경을 이렇게 비유한다.

> 입맞춤, 터놓고 말해 그것이 무엇이요. 약간 더 가까이에서 한 맹세, 보다 확실한 약속, 다시 확인되는 고백, 사랑하다 (aimer), 라는 동사의 i에 찍는 장밋빛 점이 아니겠소.
> (…) 그것은 입을 귀로 여기는 비밀이자 꿀벌의 윙윙거림만 들리는 무한의 순간.
> 꽃의 달콤함을 맛보게 해주는 결합, 서로의 마음을 호흡하고, 입술 끝으로 서로 영혼을 맛보는 방식이 아닌가요! (…) 입맞춤, 그것은 너무도 고귀해 프랑스의 여왕도 귀족 중 가장 행복한 자에게 한 번 맛볼 수 있게 했소. 여왕조차도!

리히텐슈타인의 로맨틱한 키스 그림은 꿀벌의 윙윙거림만 들리는 무한의 순간을 느끼게 해준다.

완전한
사랑

고상우는 완전한 사랑을 꿈꾸는 낭만적인 성향의 예술가다. 사랑
이 인간의 내면에 잠재된 아름다움을 꽃피우게 하고 영혼을 구원할
거라는 믿음도 갖고 있다. 두 남녀가 황홀하게 키스하는 장면을 담
은 이 사진작품은 그에게 사랑은 삶이고 예술이며 종교라는 것을
보여주는 증거물이다.

키스하는 연인들을 찍은 누드사진은 강렬한 에로티시즘을 발산
하면서도 신비한 느낌을 불러일으킨다. 마치 열대의 깊은 바닷속에
사는 무지개 빛깔의 물고기처럼 스스로 빛을 발하는 컬러풀한 누드
다. 창작의 비결은 무엇일까?

먼저 그림 속의 모델은 직업 모델이 아닌 실제 부부다. 모델로 선

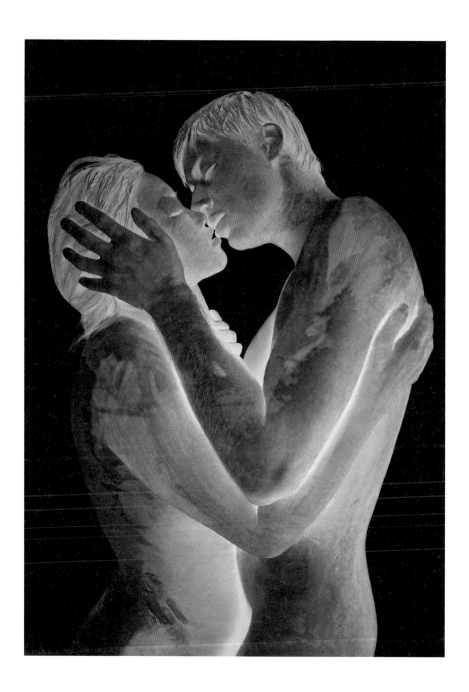

고상우 | 더 키스 II | 2008년

택받기 위해서는 다음과 같은 까다로운 조건을 충족시켜야 한다. 서로를 진심으로 사랑하는 커플, 사랑을 이루기 위해 갖은 난관과 역경을 이겨낸 커플, 사랑의 진실을 믿는 커플, 이것만으로 끝나지 않는다.

다음은 누드 상태로 수십 번에 걸쳐 키스하는 과정을 되풀이하면서 초인적인 인내심을 가지고 창작 과정에 적극 동참해야 한다. 왜냐하면 고상우 작가는 부부의 벗은 몸을 캔버스 삼아 그림을 그린 다음 바디페인팅한 두 사람이 키스하는 장면을 수개월에 걸쳐 촬영하기 때문이다.

촬영이 끝나면 실제 물체와는 명암이 정반대로 표현되는 사진기법인 네거티브(음화) 방식을 이용해 작품을 완성한다. 키스하는 연인들이 내뿜는 사랑의 에너지와 명암과 색상이 반전되는 네거티브 사진의 효과가 결합되어 세속의 사랑이 천상의 사랑으로 승화되는 것이다. 프랑스 철학자 롤랑 바르트의 저서 『사랑의 단상』에서 이런 감동적인 문장을 발견하고 밑줄을 그었다.

> 한평생 나는 수백만의 육체와 만나며 그중에서도 수백 개의 육체를 욕망할 수 있다. 그러나 그 수백 개의 육체 중에서 나는 단 하나만을 사랑한다.
> 내가 사랑하는 그 사람은 내 욕망의 특별함을 보여준다.

수많은 사람들 중에서 내 욕망에 꼭 들어맞는 이미지를 찾기 위해 얼마나 많은 우연과 놀라운 우연의 일치, 그리고 얼마나 많은 탐색이 필요했던가.

바로 거기에 내가 결코 그 열쇠를 알지 못하는 수수께끼가 있다.

어떤 연유로 손톱을 자른 모양, 약간 비스듬하게 깨진 치아, 흘러내린 머리카락, 말하거나 담배 피우면서 손가락을 벌리는 모양, 육체의 이 모든 주름에 대해 나는 근사하다, 라고 말하고 싶은 걸까?

사랑마저도 쿨(cool)하게 소비하는 시대에 자신이 선택한 연인은 유일하고 특별하며 필연적인 존재라고 확신하는 사람들이 있다. 이 작품은 사랑의 순수함을 믿는 사람들에게 바치는 찬가다.

사랑이라는
이름의 등불

🐦 오명희, A little Song of Life

진달래꽃이 피어나는 봄날, 암수 한 쌍의 새가 나뭇가지에 앉아 구애(求愛)의 노래를 부르고 있다.

바라보기만 해도 따뜻한 봄기운이 느껴지는 이 그림은 21세기 버전 화조도(花鳥圖)다. 화조도는 부부 금실이 좋아지고 재산이 늘어나고 지위가 높아지기를 바라는 마음을 아름다운 꽃과 새를 빌려 표현한 그림을 말한다. 그러나 이 그림의 숨은 주제는 삶의 희망과 아름다움, 사랑과 생명력에 대한 찬가다.

오명희 작가는 사랑, 기쁨, 감사의 마음을 전하기 위해 이 그림을 그렸다. 삶의 어두운 면을 고발하거나 예리한 질문을 던지고, 영혼에 충격을 주는 작품을 창작하는 일은 다른 예술가의 몫으로 남겨

오명희 | A little Song of Life | 2012년

두었다. 관객이 이 그림을 겨울 나무의 껍질처럼 거친 마음의 각질을 제거하는 필링제로 활용할 수 있기를 진심으로 바랄 뿐이다.

사계절 중에서 봄을 선택하고 밝은 색, 금박, 자개를 사용해 화면을 화려하게 장식한 것도 인생이 아름답다고 말하기 위해서다. 서영은의 단편소설 「먼 그대」를 읽으면 무엇이 삶을 아름답게 하는지 깨닫게 된다.

> 문자는 남다른 무엇을 소유했던 게 아니었다. 그녀로선 무엇을 하든 그 일을 하면서 사랑하는 사람을 생각한 것뿐이었다. 콩나물을 다듬든, 연탄불을 피우든, 지붕 위의 눈을 치우든 그를 생각하노라면 어딘가 높은 곳에 등불을 걸어둔 것처럼 마음 구석구석이 따스해지고, 밝아오는 것을 느꼈다. 그 따스함과 밝은 빛이 몸 밖으로 스며나가 뺨을 물들이고, 살에 생기가 넘치게 하는 것을 그녀 자신은 오히려 깨닫지 못했다.

오명희가 인생의 봄날을 연상시키는 밝고 화사한 그림을 그리는 이유를 알 것 같다. 그녀는 사랑이라는 등불을 마음에 걸어두고 작업하는지도.

인생의
꽃봉오리

〰 이일호, 꽃의 요정

흔히 꽃은 고운 빛깔과 달콤한 향기, 수동적인 속성으로 인해 아름다운 여성에 비유되곤 한다. 이는 독일의 시인 괴테가 시 「들장미」에서 '한 소년이 한 떨기 장미를 보았네 / 들에 핀 장미를 / 갓 피어난 장미는 새아침처럼 아름다웠네'라고 노래한 것에서도 나타난다. 괴테가 노래한 들장미는 아름다운 소녀를 의미한다. 의인화된 꽃은 이일호의 누드 조각상에서도 만나볼 수 있다.

튤립의 얼굴에 인간의 몸을 가진 세 여성은 꽃의 요정이다. 이일호는 꽃의 요정을 예쁘고 날씬한 젊은 아가씨의 육체를 빌려 표현했다. 꽃만이 아니라 새도 의인화했다. 꽃봉오리를 자세히 살피면 벌새가 비행 정지 상태에서 날개를 빠르게 퍼덕이며 긴 부리로 꿀

이일호 | 꽃의 요정 | 2008년

을 먹고 있는 모습이 보인다. 벌새는 남성을 상징한다. 꽃처럼 아름다운 외모로 남성을 유혹하고 싶은 여성의 심리와 젊고 예쁜 여성을 탐하는 남성의 심리를 의인화된 꽃과 벌새에 투영한 것이다.

이 작품이 감동을 주는 것은 남녀의 본성을 탐구하는 것에 그치지 않고 인생의 절정을 꽃봉오리에 비유했기 때문이다. 꽃이 가장 아름다운 때는 활짝 핀 상태가 아니라 망울만 맺히고 아직 피지 않은 꽃봉오리 때라고 말하고 있으니 말이다.

왜 꽃봉오리가 가장 아름다울까? 꽃을 피우겠다는 기대감과 설렘이 담겨 있기 때문이리라. 인생의 최고의 순간을 그리워하는 마음은 비단 이일호만이 느끼는 것은 아닌 듯. 정현종도 「모든 순간이 꽃봉오리인 것을」이라는 시에서 인생의 절정기를 놓쳐버린 아쉬움을 이렇게 노래하고 있으니까.

나는 가끔 후회한다
그때 그 일이
노다지였을지도 모르는데……
그때 그 사람이
그때 그 물건이
노다지였을지도 모르는데……
더 열심히 파고 들고

더 열심히 말을 걸고
더 열심히 귀 기울이고
더 열심히 사랑할걸……

반벙어리처럼 귀머거리처럼
보내지는 않았는가
우두커니처럼……
더 열심히 그 순간을
사랑할 것을……

모든 순간이 다아
꽃봉오리인 것을,
내 열심에 따라 피어날
꽃봉오리인 것을!

꽃봉오리가 가장 아름다운 것은 지금 이 순간을 열심히 살면 언젠가는 예쁜 꽃을 피울 수 있다는 희망을 품게 하기 때문이다. 내일도 어제도 아닌 지금 이 순간이 가장 소중하다고 느끼는 마음자세가 바로 삶의 꽃봉오리인 것이다.

사랑한다면
이들처럼

🔊 제임스 티소, 10월.

조선 후기 시인이며 문인 화가로 이름을 떨쳤던 자하 신위는 세상을 떠난 아내를 기리는 만시(挽詩)를 여러 편 남겼다. 만시는 죽은 사람을 애도하여 지은 시를 말한다. 시 중에서 '눈물을 참는 것이야 이젠 어렵지 않소만 이 인생 몇 번이나 기쁨과 슬픔 겪을는지 가슴속이 청매실이라도 들어 있는 듯 이상하게 오래도록 시큰해져 오는구려'라는 구절은 사랑하는 사람과의 사별이 가슴 저리도록 슬픈 거라고 절감하게 한다. 프랑스 출신의 화가 제임스 티소의 그림에서도 만시를 음미하는 듯한 슬픔이 느껴진다. 이토록 아름다운 그림에 어떤 슬픈 사연이 숨어 있기에.

젊은 미녀가 단풍으로 물든 공원을 걸어가다가 뒤돌아보는 장면이다. 〈10월〉의 여인은 화가의 연인이며 모델인 캐슬린 뉴튼이다. 런던에서 살았던 티소는 같은 동네의 주민 캐슬린과 운명적인 만남을 갖게 되면서 열정적인 사랑에 빠졌다. 티소에게 캐슬린은 인생의 연인, 창작혼을 자극하는 뮤즈였지만 영국 사회는 두 사람의 관계를 용납하지 않았다. 티소는 미혼의 유명 화가였지만 캐슬린은 사생아를 둘이나 둔 이혼녀였기 때문이다.

영국 사교계는 결혼도 하지 않고 평판 나쁜 이혼녀와 동거하는 화가에게 교제를 끊지 않으면 그림을 주문하지 않겠다는 압력까지 넣었다. 그러나 티소는 부도덕한 커플이라는 비난에도 불구하고 캐슬린이 1882년 28세로 결핵에 걸려 사망할 때까지 캐슬린과 함께 살면서 그녀가 모델인 많은 인물화를 그렸다. 심지어 연인의 죽음도 화가의 열정을 잠재우지 못했다. 티소는 심령술에 빠져 캐슬린의 혼을 부르는 초혼 의식을 치른 적도 있었으니 말이다. 무라카미 하루키의 소설 『상실의 시대』에는 사랑하는 사람을 떠나보낸 이의 애끓는 심정을 보여주는 문장이 나온다.

나오코의 죽음은 내게 이런 것을 가르쳐 주었다.
어떠한 진리도, 성실함도, 강함도, 부드러움도 그 슬픔을 치유할 수 없다.
우리는 그 슬픔을 마음껏 슬퍼한 끝에 거기서 무언가를 배

제임스 티소 | 10월 | 1877년

우는 길밖에 없으며 그 배운 무엇도 다음에 닥쳐오는 걷잡을 수 없는 슬픔에는 아무런 도움이 되지 못한다.

가슴에 청매실을 품고 살아가는 사람들이 있다는 것을 깨닫게 하는 그림이며 글이다.

사랑
그 쓸쓸함에 대하여

🐌 페데르 세베린 크뢰위에르, 스카겐에서의 산책

노르웨이 출신의 화가 페데르 세베린 크뢰위에르의 그림을 보면서 이런 생각을 했다. 사랑이라는 감정은 홀로그램의 이미지처럼 허상이 아닐까? 영원한 사랑, 죽음 이후에도 더욱 강렬해지는 사랑의 신화는 거짓 희망이 빚어낸 아름다운 착각은 아닐까?

페데르가 여름밤 아내와 애견이 해변에서 산책하는 모습을 그린이 그림은 가장 매혹적인 바다 그림 중의 하나로 손꼽힌다. 여주인과 개가 대자연과 교감하는 감동적인 순간을 시적이며 우수에 찬분위기로 표현했기 때문이다.

노르웨이 태생인 페데르는 코펜하겐 미술학교의 제자인 마리와열애 끝에 1889년 결혼했다. 2년 후 부부는 덴마크 최북단의 작은 어촌 스카겐에 정착한다.

당시 스카겐은 예술가 마을로 유명한 곳이었다. 북구의 화가들이 '세계의 끝'으로 불리던 작은 어촌을 찾아간 것은 북해와 발트 해가 만나는 곳에 위치한 스카겐 바다의 지리적 특수성 때문이었다. 두 바다는 밀도가 달라 마치 선을 그어 놓은 듯 흰 띠를 형성하면서 또렷한 경계를 보이는데다 바다 색깔도 달랐다. 이런 신비한 자연현상이 예술가들의 창작혼을 자극한 것이다. 두 사람은 덴마크 미술계의 황금 커플로 부러움을 받았지만 1905년 이혼한다.

화가인 마리는 그림을 그리는 일보다 아내이며 모델인 자신의 역할에 갈등을 느낀 데다 정신병을 앓는 남편의 오랜 병간호로 우울증에 빠져 있었다. 페데르는 이혼한 4년 후 세상을 떠났고 마리는 30년을 더 살았다고 전해진다. 이런 창작 배경을 알게 되면 페데르가 왜 어둠을 푸른색으로 칠했는지, 아내의 앞모습이 아닌 뒷모습을 그렸는지 이해하게 된다.

이 그림을 그리던 시절 페데르의 삶과 예술은 황금기였다. 그는 스카겐 예술가 그룹의 지도자가 되었고 덴마크 최고의 미녀로 알려진 아내 마리는 그림의 모델이 되어주었다. 그는 운명이 자신에게 선물한 절정의 순간을 푸른색 어둠에 투영했다. 마리의 뒷모습을 그린 것은 사랑스런 아내의 눈길로 스카겐의 밤바다를 함께 바라보고 싶었기 때문이다. 이 그림은 스카겐의 바다처럼 섞이지 않고 서

페데르 세베린 크뢰위에르 | 스카겐에서의 산책 | 1892년

로에게 부딪히는 파도였던 두 사람의 관계를 떠올리게 한다. 그 사랑은 김훈이 『바다의 기별』에서 말한 아득하고도 막막한 사랑과도 닮았다.

> 모든, 닿을 수 없는 것들을 사랑이라고 부른다. 모든, 품을 수 없는 것들을 사랑이라고 부른다. 모든, 만져지지 않는 것들과 불러지지 않는 것들을 사랑이라고 부른다. 모든, 건널 수 없는 것들과 모든, 다가오지 않는 것들을 기어이 사랑이라고 부른다.

외로움은
혼자서 견디는 것

🐌 에드워드 호퍼, 호텔방

눈에 보이지는 않지만 느낌으로 더 분명해지는 것이 있다. 외로움이나 마음의 상처, 절망, 먹먹함과 같은 감정이다. 미국 화가 에드워드 호퍼의 그림은 눈에 보이지 않는 외로움을 볼 수 있게 해준다. 낯선 호텔방 침대에 혼자 앉아 편지를 읽고 있는 이 여자! 우리는 그림 속 여자의 나이, 직업, 호텔방에서 편지를 읽고 있는 사연에 대해서도 알지 못한다.

다만 바닥에 벗어던진 하이힐, 서랍장 위의 모자, 소파에 놓인 겉옷이 세련된 도시 여성이라는 정보를 알려줄 뿐이다. 그런데도 이것만은 분명하게 느껴진다. 여자는 지독하게 외롭구나.

그 외로움은 멜로적인 감성을 자극하는 무늬만의 외로움과는 체감 온도가 다르다. 외롭다는 말조차도 침묵하게 만드는, 심장을 아프게 하는 진짜 외로움이다. 호퍼는 자신이 발명한 외로움의 언어로 여자의 고독을 보여준다. 여자는 벽면과 실내가구의 수직선, 수평선이 만들어낸 밀폐된 사각 형태 안에 홀로 갇혀 있다. 심리적으로 고립되었다는 뜻이다. 사선으로 배치된 침대는 절망적인 상태를 나타낸다. 빛과 어둠의 경계가 또렷한 인공조명은 마음의 상처를 말한다.

침대 시트와 편지를 비추는 조명은 가장 밝은 반면 여자의 얼굴과 침대 밑은 가장 어둡다. 빛과 어둠의 대비가 선명한 인공조명으로 편지의 내용이 상처의 원인이라고 말하고 있는 것이다. 파란색과 노란색 벽면, 흰색 시트와 푸른 그림자의 대비도 고독을 강조하기 위한 장치다. 한편 미처 짐을 풀지 못한 여행가방은 머무를 곳이 없는 떠도는 인생을 의미한다. 미국의 시인 마크 스트랜드는 호퍼의 그림을 이렇게 해석한다.

> 그림 속 사람들은 오직 기다리는 것 말고는 아무런 할 일이 없는 것처럼 보인다.
> 배역으로부터 버림받은 등장인물처럼, 기다림의 공간 속에 홀로 갇힌 존재들이다.

에드워드 호퍼 | 호텔방 | 1931년

그들에겐 특별히 가야 할 곳도, 미래도 없다

이 그림에는 오직 호퍼만이 표현할 수 있는 외로움의 특징이 잘 드러나 있다. 바로 심리적인 거리두기다. 우리는 여자의 외로움에 감염되어 위로해주고 싶은 욕구를 강하게 느끼지만 안타깝게도 가까이 다가서지 못한다.

여자의 외로움을 일정한 거리를 두고 지켜볼 수밖에 없다. 왜 타인의 외로움을 나눠 갖지 못하게 한 걸까? 왜 여자 혼자서만 외로움을 견디게 한 걸까? 그 해답은 나쓰메 소세키의 소설 『마음』에 나오는 문장이 대신 말해줄 것이다

우리는 자유와 독립, 자신의 자아로 가득 찬 시대에 태어난 대가로 모두 이런 외로움을 맛보는 것이네.

에로틱한
고독

🐾 안창홍, 개를 안고 있는 여자

안창홍은 인간의 근원적인 감정인 고독을 에로틱하게 표현하는 특별한 재능을 가졌다. 고독과 에로티시즘이라니? 언뜻 보아도 두 단어는 전혀 공통점이 없는데다 생뚱맞게 느껴지기도 한다. 그러나 젊고 섹시한 미녀가 개를 품에 안고 있는 이 그림은 에로티시즘이 고독을 전달하는 뛰어난 도구가 될 수 있다는 것을 깨닫게 한다.

여자의 진한 화장, 쇄골이 드러난 어깨, 벌거벗은 하체는 관객의 관음증을 자극한다. 그런데도 성적 충동을 가로막는, 지독한 외로움이라고 부를 수 있는 한기(寒氣)가 느껴진다. 젊은 여자가 유혹적인 자세를 취하는데도 왜 안쓰럽게 느껴지는 걸까?

1부_ 사랑, 원초적 욕망   97

• 배경에 실내공간을 장식하는 가구나 물건을 그리지 않고 텅 비워두었다.

• 여자를 편안한 고급 소파가 아닌 딱딱한 사각 형태의 좁은 의자에 불편한 자세로 앉게 했다.

• 여자는 우울과 고독의 색인 파란색 실내복을 입고 있다.

• 여자가 뼈가 앙상하게 드러난 병든 반려견을 두 팔로 안고 있는 모습을 연출했다.

이런 요소들이 결합되어 여자의 고독이 감상자의 가슴으로 전달되는 것이다. 루이제 린저의 소설 『생의 한가운데』의 여주인공 니나는 자신을 사랑하는 슈타인 박사에게 이런 편지를 보낸다.

> 나는 오래 전부터 사람은 누구나 외로움을 타며 이런 감정은 어떻게도 할 수 없는 무서운 것임을 잘 알고 있습니다. (⋯) 사람은 자기 자신에 대해 이야기해서는 안 됩니다. 순전한 이기심에서 나온 것이라고 해도 안 됩니다. 왜냐하면 마음을 쏟아버리고 나면 우리는 이전보다 더 비참하고 두 배나 더 고독해지기 때문입니다. 사람이 자기 속을 드러내 보이면 보일수록 타인과 더욱 가까워진다고 믿는 것은 환상입니다. 가까워지기 위해서는 말없는 공감이 제일입니다.

안창홍 | 개를 안고 있는 여자 | 2010년

사람들은 모른다. 외로움을 피하기 위해 대화를 원하지만 그것이 고독의 무게를 덜어줄 수는 없다는 것을. '에로틱한 고독'을 표현한 안창홍의 그림은 그 점을 일깨워준다.

네 정체를 밝혀다오,
사랑아

　🎵 에밀 프리앙, 그림자

19세기 프랑스 화가 에밀 프리앙의 그림에 마음이 끌렸던 것은 크게 두 가지다. 자칫 통속적이고 닳고 닳은 것으로 인식되는 남녀 간의 사랑이란 주제를 치밀한 구도와 뛰어난 묘사력으로 구현해 그림의 매력에 빠져들게 한 것. 다음은 남녀의 심리 상태를 드러내는 도구로 그림자를 활용한 점이다.

의자에 앉은 남자는 여자의 두 손을 붙잡고 간절한 눈빛으로 쳐다보는데도 정작 여자는 그이의 눈길을 피하고 있다. 두 남녀는 어떤 관계일까?

호기심을 풀기 위해 몇 가지로 추정해보자. 사랑이 식어버린 여자와 미련을 버리지 못하는 남자, 서로 깊이 사랑하지만 헤어질 수

에밀 프리앙 | 그림자 | 1891년

밖에 없는 불행한 연인들. 부정을 저지른 남자가 잘못을 비는 순간, 혹은 짝사랑하는 남자가 사랑을 고백하거나 여자가 남자의 유혹을 뿌리치는 순간을 그린 것인지도. 이처럼 다양한 해석이 가능한 것은 벽에 비친 그림자 효과 때문이다.

토마슨 에디슨이 전구를 발명한 이후 인공조명은 화가들을 매료시켰다. 예술가들은 인간의 자아, 영혼의 부정적인 면을 강조하려는 의도를 가지고 그림자를 왜곡하거나 과장하는 기법을 실험했다. 프리앙은 가장 적극적으로 그림자 효과를 작품에 실험한 화가였다.

그가 두 남녀의 미묘한 심리와 내면의 갈등을 밖으로 드러내기 위해 그림자를 어떻게 활용했는지 보라. 램프의 불빛을 밑에서 위로 두 남녀에게 비추고 벽에 크고 진한 그림자가 생기도록 연출하지 않았는가. 감상자는 벽면에 생긴 어둡고 커다란 그림자로 인해 두 사람의 관계가 심각한 위기에 처했다고 느끼게 되는 것이다.

다음은 독일의 철학자 리하르트 다비트 프레이트의 철학 에세이 『사랑, 그 혼란스러운』에서 따온 것이다.

사랑이 식는 것은 두 사람이 어떤 잘못을 저질렀거나 처음에 환상을 품고 시작한 탓만은 아니며 살아가면서 많은 것이 변하기 때문이기도 하다.

좋은 사랑을 유지하는 가장 중요한 전제 중 하나는 가치의 공유다. (……)

그렇다면 우리는 무엇을 통해 일상의 신비스런 불꽃을 함께 피우게 되는 걸까?

사랑이 유지되도록 도와주는 일상의 작은 의식은 많다.

예를 들어 두 사람이 처음 만났을 때의 느낌을 기회가 될 때마다 다시 이야기하면서 즐거운 회상에 잠기는 것도 한 가지 방법이다.

이런 가치의 매력은 그것이 우리에게 특별한 느낌을 주고 두 사람의 일상을 소중한 것으로 만들어준다는 데 있다. 앞서 말한 일상의 작은 의식은 이런 가치를 소중하게 가꾸고 섬기는 일종의 예배행위다.

사랑의 그림자가 짙게 드리워질 때면 마음의 성소에 들어가 작은 의식을 치르는 시간을 가져야 하리.

종이학의
의미

좋은 미술품을 고르는 나만의 감별법이 있다. 첫눈에 마음을 사로잡고 징소리의 여운처럼 긴 울림을 남기는, '시작은 단지 계속의 연장일 뿐'이라는 폴란드 시인 비슬라바 쉼보르스카의 시 구절을 떠올리게 하는 작품이다.

내가 아는 한 종이학, 그것도 검은 종이학을 이토록 독특한 방식으로 화폭에 그린 작가는 없었다. 양대원에게 하필 검은색 종이학을 그렸는가? 물었을 때 뜻밖에도 인간에 대한 믿음과 신뢰를 되찾고 싶은 심정을 표현한 것이라는 대답을 들려주었다.

그는 학창시절 종이학을 접으면서 영원한 사랑을 맹세하던 연인들, 사랑의 감정이 변질되지 않기를 간절히 기도하던 숱한 청춘남녀들을 보았다. 그러나 자신이나 연인과의 굳은 약속을 지키는 사람은 찾아보기 힘들었다. 맹세의 허무함은 검은 종이학으로, 순수의 시절에 대한 그리움은 작은 초록색 풀을 빌려 표현하고 싶었다. 종이학을 접는 심정으로 정성껏 그림을 그렸다.

한지를 광목천에 배접한 화폭을 손수 만들고 송곳으로 종이학의 형태를 새긴 다음 검정색 아크릴 물감을 칠하고 아교를 섞은 토분을 화폭에 발랐다. 깨끗한 면천으로 표면을 닦으니 송곳으로 파인 부분과 한지의 미세한 결 사이로 토분이 스며들면서 추억처럼 아련한 검은 종이학이 모습을 드러냈다. 검정색을 선택한 것은 모든 색을 흡수하는 통합의 색이며 정신의 색, 영원불멸의 색, 절대가치를 지닌 색이라고 생각했기 때문이다.

독일의 소설가 막스 밀러는 『독일인의 사랑』에서 진정한 사랑이 무엇인지 물었다.

퍼내고 퍼내도 마르지 않던 사랑의 옹달샘에는 이제 겨우 몇 방울의 물밖에 남아 있지 않다. 갈증으로 목말라 죽지 않으려면 우리는 이제 남아 있는 이 몇 방울의 물로 우리의 혀를 적셔주어야만 한다. 이 몇 방울의 물을 아직 사랑이라고 부른다.

그것은 마치 뜨거운 모래 위에 떨어지는 빗방울처럼 자신을

양대원 | 오래된 약속 | 2011년

소모하는 사랑, 즉 갈망하는 사랑이지 헌신하는 사랑이 아니다. 나의 것이 되어달라고 요구하는 사랑일 뿐, 그것은 자기만 생각하는 절망적인 사랑에 불과하다. 시인이 노래하고, 청춘남녀가 믿고 있는 사랑은 이런 것이다.

종이학을 천 마리나 접어야만 소원이 이루어진다는 전설이 생겨난 이유를 알겠다. 사랑의 약속과 맹세를 지키는 일이 그만큼이나 어렵기에.

눈물을 참는 것이야 이젠 어렵지 않소만

이 인생 몇 번이나 기쁨과 슬픔 겪을는지

가슴속에 청매실이라도 들어 있는 듯

이상하게 오래도록 시큰해져 오는구려

—자하 신위

2부

나쁜 욕망 극복하기

죽지 마세요,
당신은 누군가의 사랑이니까요

🐾 마리나 아브라모비치, 피에타

행동한다는 것은 도대체 뭐지? 그건 목숨을 건다는 거야.
(…) 우리는 누군가 자신을 사랑한다는 생각을 절대로 할 수
없어. 그건 우리가 살기를 원하는 것인데 그러면 죽는 것을
두려워하게 돼. 아니 두려움이라기보다는 우리가 죽게 되면
고통 받는 사람이 있다는 것이 괴롭다는 거야.

— 마누엘 푸익, 『거미 여인의 키스』 중에서

소설 『거미 여인의 키스』의 배경은 독재정권 시절 아르헨티나 비
야 데보토 형무소. 정치범인 발렌틴과 미성년자 성추행범인 몰리나
는 한 감방에 수감된 죄수다. 혁명가인 발렌틴은 동성애자이며 하

마리나 아브라모비치 | 피에타 | 1983년

류인생인 몰리나를 처음에는 경멸하지만 그가 들려주는 6편의 영화 이야기에 귀를 기울이면서 속마음을 터놓게 된다. 하지만 발렌틴은 몰리나와 가까워질까 두렵다. 사랑은 혁명의 최강 무기인 투쟁의지를 빼앗기 때문이다. 냉혹함은 인간적인 감정을 차단하는 마음의 갑옷이다

그런데 나의 죽음이 사랑하는 사람을 살아 있는 시체로 만든다고 상상해보라. 생각만으로도 영웅심은 사라지고 겁쟁이가 되고 말 것이다. 행위예술가 마리나 아브라모비치는 세상에서 가장 큰 슬픔은 사랑하는 사람을 잃는 거라고 퍼포먼스로 보여준다.

작품의 주제는 르네상스 거장 미켈란젤로의 조각상 〈피에타〉에서 가져왔다. 피에타(Pieta)는 이탈리어로 '신이여, 자비를 베푸소서'란 뜻을 가졌으며 성모 마리아가 아들 예수의 시신을 안고 비탄에 빠진 모습을 표현한 미술양식을 가리킨다.

자신은 성모 마리아, 행위예술가인 연인 울라이는 예수로 분해 피에타를 연기했다. 사랑의 고통과 피를 상징하는 빨강 드레스와 희생과 순결을 상징하는 흰색옷의 강렬한 색상대비로 비통함을 강조했다. 우리는 왜 죽지 않으려고 노력하는가? 나의 죽음이 사랑하는 사람을 죽이는 것과 같기 때문이다. 우리는 왜 누군가를 죽이지 않으려고 노력하는가? 살해 욕구를 자극하는 상대가 누군가의 사랑이라는 것을 알고 있기 때문이다.

미켈란젤로 | 피에타
1498~1499년

　수백 년 동안 많은 예술가들이 피에타 주제에 관심을 기울였다. 사랑하는 사람을 잃은 모든 이의 슬픔에 공감하자는 의도였다. 더불어 우리에게 자비와 용서가 필요하다는 메시지를 전하기 위해서다.

나 자신을 위한
순교

✿ 시린 네샤트, 순교를 원하여-변주 1

　다음은 실화를 바탕으로 한 영화 〈더 스토닝(The Stoning Of Soraya M)〉에 나오는 잔혹한 이야기다. 호메이니 정권 시절의 1986년, 이란의 한 시골마을에서 끔찍한 사건이 벌어진다. 간통의 누명을 덮어 쓴 여인 소라야는 양손이 묶이고 하반신은 땅에 파묻힌 채로 마을 사람들에게 돌팔매 처형을 당한다. 소라야의 남편 알리가 14살의 어린 소녀에게 새장가를 들기 위해 이혼을 거부한 아내에게 간통죄를 씌워 집단살인을 사주한 것. 더욱 충격적인 것은 소라야의 친정아버지와 두 아들마저도 딸이며 엄마인 가엾은 희생자에게 잔인하게 돌을 던지는 장면이다. 알리는 아들의 손에 돌을 쥐어주며 이렇게 말한다.

시린 네샤트 | 순교를 원하여-변주 1 | 1995년

"아들아. 남자들의 세상이라는 것을 절대로 잊어서는 안 된다."

단지 여자라는 이유만으로 명예살인의 제물이 된 소라야의 비극적인 최후는 이란 출신의 미국 작가인 쉬린 네샤트의 작품을 이해하는 열쇠가 된다.

검은 차도르를 입은 이란 여성이 피 묻은 손으로 라이플을 들고 서 있다. 검게 칠한 눈썹, 진한 스모키 눈 화장, 전투욕으로 불타는 여자의 눈빛이 살벌하다. 이 작품은 〈알라의 여인들〉이라는 사진 연작 중의 한 점이며 무장한 여성은 작가인 쉬린 네샤트다.

네샤트는 왜 스스로 여성 혁명가의 모습을 연출한 걸까? 해답은 이란의 전통의상인 차도르, 붉은 피로 물든 손, 배경의 인화된 사진에 네샤트가 직접 적은 중세 페르시아 여성의 연애시가 말해준다. 이 작품의 메시지는 이슬람 여성의 정체성 탐구와 권리 찾기다. 호메이니 시절, 모국을 방문한 네샤트는 이란 여성들이 검정 차도르를 입고 이슬람 혁명에 동참하는 모습에 큰 충격을 받았다.

서구화된 그녀의 눈에 비친 차도르는 억압의 상징이었다. 그런데 이란 여성들은 차도르를 정치적 도구로 사용하고 있지 않은가? 차도르를 입고 총을 든 이란 여성들은 가부장적 남성의 지배를 받는 수동적인 존재가 아니었다. 그때의 문화적 충격이 강인한 여성 영웅의 이미지를 창조하는 동기가 된 것이다.

네샤트는 묻는다. 이란 여성들이 순교를 각오하고 혁명에 뛰어든 진정한 이유는 무엇일까? 이 전투적인 여성들은 비도덕적이고 부조리한 폭력에 짓밟히는 이란 여성들의 인권을 보호할 수 있을까? 여성운동가인 엘리자베스 케디 스탠톤은 '여성이 자신을 보호할 수 있는 최상의 무기는 용기다'라고 말했다. 왜 용기가 필요한지 굳이 물어볼 필요가 있을까? 예를 들면 영화 〈더 스토닝〉에는 이런 대사가 나온다.

> 남편이 아내를 고발하면 아내는 반드시 무죄를 입증해야 하고 아내가 남편을 고발한 경우에도 아내는 반드시 남편의 유죄를 입증해야 한다.

아직도 어디에선가 여성의 인권을 처참하게 짓밟는 일들이 벌어지고 있는데 누군가는 이를 세상에 알리는 용기를 가져야 하지 않겠는가.

털옷 입은
권총

∿ 함명수, 권총

  굳이 화가의 이름을 묻지 않더라도 누가 그렸는지 한눈에 알게
되는 그림이 있다. 주제, 구도, 기법, 색채가 매우 독특해서 누구의
그림인지 느낌으로 알게 되는 것이다. 차별화된 화풍을 가진 화가
중의 한 사람으로 함명수를 손꼽을 수 있겠다. 그의 그림의 두드러
진 특징은 시각과 촉각을 동시에 자극한다는 것. 권총의 매끄러운
금속 질감과 털실의 보슬보슬한 섬유 질감을 대비시킨 이 그림도
공감각을 자극한다.

  털실로 감싼 권총이라! 발상이 기발하다. 작가의 의도는 무엇일
까? 상반된 두 속성을 탐구하기 위해서다. 예를 들면 남근의 형태
를 닮은 총은 남성적 속성을 상징한다. 공격, 파괴, 기계적인 남성

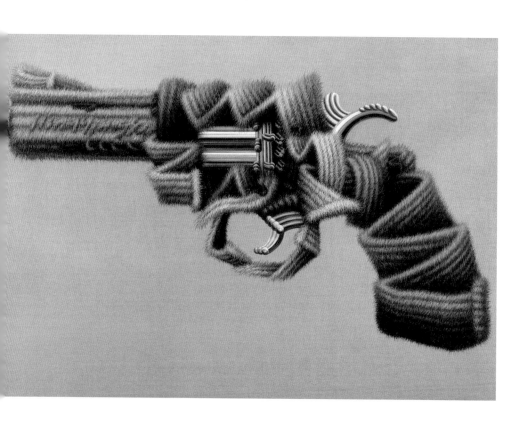

함명수 | 권총 | 2008년

적 속성을 차가운 메탈 질감으로 표현한 것이다.

반면 손뜨개질용 털실은 여성적 속성을 상징한다. 사랑, 평화, 자연 친화적인 여성적 속성을 부드러운 털실 질감으로 나타낸 것이다. 메탈 질감과 털실 질감을 강조하기 위해 함명수만의 물감짜기와 붓 터치도 개발했다. 그가 사용하는 팔레트는 재밌게도 생수용기다. 패트 생수용기를 반으로 자르고 주름 칸에 유성물감을 짜놓는다.

각각의 칸에 들어가는 색은 대략 50여 가지. 생수용기 팔레트를 냉동고에 저장하고 필요할 때마다 꺼내 사용한다. 일반 팔레트가 아닌 주름 팔레트를 사용하는 것은 신선한 색을 보존하기 위해서다. 다음은 1호 크기의 세필로 물감을 떠내 피아노를 연주하듯 캔버스에 리드미컬하게 얹는다. (그가 물감을 섞지 않고 떠낸다고 표현하는 것에 주목하라.) 얹힌 물감이 마르기 전에 깨끗하게 손질된 굵고 가는 붓으로 강하게 또는 부드럽게 문지르면 금속이나 털실의 질감이 생겨나는 것이다. 코맥 매카시의 소설 『핏빛 자오선』에는 다음과 같은 문장이 나온다.

남자라면 누구나 그 감정을 잘 알고 있지. 공허와 절망 말이야. 그래서 우리가 무기를 드는 것이 아니던가. 피는 바로 그 감정이 바짝 굳지 않도록 해주는 완화제이지 않던가.

여자들이 남자들을 털옷처럼 포근하게 감싸주면 이 세상에서 살상무기가 사라질지도 모른다는 즐거운 상상을 해본다.

자유보다 절실한
국 한 그릇

일리야 레핀, 볼가강에서 배를 끄는 인부들

저녁이 되어 수용소 문을 통과해 막사 안으로 돌아올 때가
죄수들에게는 하루 중에서 가장 춥고 배고플 때다. 멀건 양
배추 국이라도 뜨뜻한 국 한 그릇이 가뭄에 단비같이 간절
한 것이다. 국물 한 방울 남기지 않고 단숨에 들이켜게 된다.
이 한 그릇의 양배추 국이 죄수들에겐 자유보다 지금까지의
전 생애보다 아니 앞으로의 모든 삶보다 더 소중하게 느껴
지는 것이다.

— 알렉산드르 솔제니친,『이반 데니소비치의 하루』중에서

정치도 모르고 범죄도 저지른 적이 없는 순박한 촌부가 독일 스

파이라는 누명을 쓴 채 10년형을 선고받고 8년째 강제노동수용소에서 인간 기계로 학대받고 있다면? 정의감에 불타는 사람이라면 불끈 치솟는 분노를 참기 힘들 것이다.

스탈린의 공포시대, 평범한 농부인 이반 데니소비치 슈호프에게 그런 어처구니없는 일이 일어났다. 하지만 슈호프는 끔찍한 불행에도 긍정 마인드를 잃지 않는다. 영하 27도의 혹한에 짐승처럼 착취당한 하루도 재수 좋은 날이라고 기뻐한다. 하긴 영창에 들어가지도 않았고, 점심에 죽 한 그릇을 속여 더 먹었으며 잎담배도 구했으니 무엇을 더 바라겠는가.

'러시아의 양심'으로 불리는 솔제니친이 사회적 약자를 억압하는 지배권력의 횡포를 소설로 폭로했다면 러시아의 국민화가로 추앙받는 일리야 레핀도 약자를 착취하는 강자의 횡포를 그림의 주제로 선택했다.

볼가강에서 인부들이 거대한 선박을 육지로 끌어올리기 위해 안간힘을 쓰고 있다. 그 시절에는 기계가 아닌 인간의 근력으로 배를 끌어올렸다. 몸에 밧줄을 감은 인부들은 인간 가축들이다. 레핀은 고단하고 힘들게 살아가는 러시아 노동자들의 비참한 실상을 사실주의 기법으로 생생하게 되살려냈다. 값싼 노동력을 착취당하는 러시아 민중의 고통스런 삶을 그림으로 고발한 것은 소외된 계층을 대변해 진실을 밝히는 것이 예술의 소명이라고 믿었기 때문이다.

일리야 레핀 | 볼가강에서 배를 끄는 인부들 | 1870~73년

요즘 시대적 관심사는 사회적 약자의 고통이다. 입으로만 진실과 정의를 외치는 사람들이 자유보다 소중한 국 한 그릇의 의미를 깨닫고 있는지 궁금해진다.

피부색은 달라도
심장 색깔은 같다

바네사 비크로프트, 'White Madonna with Twins'

백인 여성이 흑인 쌍둥이 아기에게 젖을 먹이고 있는 이 작품, 한눈에 보아도 파격적이다. 호기심을 자극하는 한편 궁금증을 불러일으킨다. 백인 여성은 쌍둥이의 엄마이고 아빠는 흑인일까? 아니면 모유가 부족한 아기를 위해 고용된 현대판 젖어미일까? 여자는 왜 치마 끝이 불에 탄 실크드레스를 입고 아기에게 젖을 주는 걸까?

이 작품의 메시지는 무엇일까? 성모 마리아로 분한 백인 여성은 이 작품을 창작한 행위예술가이며 사진작가인 바네사 비크로프트이고 쌍둥이는 그녀가 입양한 아프리카 수단세 아이들이다. 순백의 실크드레스는 유명 패션디자이너인 마틴 마르지엘라의 작품인데 그녀는 아기를 안고 젖을 물릴 수 있도록 가슴 부위가 절개된 수유

복을 주문했다. 흰색은 대립과 갈등이 없는 평화로운 사회, 불에 탄 치맛단은 수십 년간 내전의 참상을 겪고 있는 수단 난민들의 아픔을 상징한다.

끝으로 작품의 메시지는 인종을 초월한 사랑이다. 이탈리아 출신의 비크로프트는 자신의 몸을 미술재료로 사용하여 창작하는 작가로 세계적인 명성을 얻었는데, 이 작품도 아프리카 수단의 한 성당에서 쌍둥이를 안고 촬영한 연출 사진이다. 무엇이 비크로프트에게 흑인 아기에게 직접 젖을 먹이도록 했던 걸까? 무엇이 남편과 별거하는 아픔을 겪으면서까지 흑인 쌍둥이들을 입양하도록 했던 걸까?

피부색으로 차별당하는 사람들의 입장에 서면 그들의 고통을 진심으로 이해할 수 있다고 생각했기 때문이다. 하퍼 리의 소설 『앵무새 죽이기』에서 인종차별에 맞서는 정의로운 백인 변호사 애티커스는 어린 딸 스카웃에게 이렇게 말한다.

> 스카웃, 네가 간단한 요령 한 가지만 배운다면 모든 사람들과 잘 지낼 수 있을 거야.
> 누군가를 정말 이해하려고 한다면 그 사람 입장에서 생각을 해야 하는 거야.
> 말하자면 그 사람의 몸속으로 들어가 그 사람이 되어서 걸

바네사 비크로프트 | White Madonna with Twins' | 2006년

어 다니는 거야.

애티커스는 지구상에서 성, 인종, 학력, 지역, 나이, 종교, 사상, 장애 등의 차별이 사라지게 하는 방법을 알려준 셈이다. 바로 차별 당하는 상대방의 입장이 되어보는 것!

덧없이 사라져간 자들의
노래

🐦 펠릭스 누스바움, 유대인 증명서를 쥐고 있는 자화상

때로는 한 점의 그림이 시대를 증언하거나 역사가 되기도 한다. 독일계 유대인 화가 펠릭스 누스바움의 자화상에서 그런 사례를 발견하게 된다.

화가의 표정에는 무언가에 쫓기는 기색이 역력하다. 겁먹은 눈동자, 긴장된 입술 근육, 바짝 치켜세운 외투 깃, 경직된 손가락은 그가 얼마나 극심한 두려움에 떨고 있는지를 말해준다.

누스바움은 왼손에 자신의 성과 이름, 얼굴 사진을 붙인 벨기에 국가가 발행한 외국인등록증명서를 쥐고 있다. 붉은색 도장이 찍힌 'Juif-Jood'라는 글자의 Juif와 Jood는 프랑스어와 네덜란드어인데 유대인이라는 뜻이다. 외투에 꿰매 붙여진 노란색 별도 나치가 강

제로 달게 한 유대인들의 표식이다. 국적 난에 적혀 있던 '독일'이라는 글자는 흰색으로 덧칠되어 지워졌다. 당시 나치 독일은 해외에 거주하는 독일 국적 유대인의 시민권을 박탈했었다.

자신이 벨기에로 망명한 유대인이며 나치의 박해를 받고 있다는 것을 자화상으로 알려준 셈이다. 화가의 뒤에 보이는 금이 간 벽면과 가지가 모두 잘려나간 나무, 하늘의 먹구름은 강제수용소로 끌려가는 것에 대한 불안과 공포를 말한다.

누스바움은 브뤼셀이 연합군에 의해 해방되기 한 달 전 체포되어 1944년 8월 9일 아우슈비츠에서 죽음을 맞았지만 최후의 순간까지도 희망을 잃지 않았다. 먹구름 사이로 보이는 푸른 하늘과 담장 너머 가지에서 피어난 하얀 꽃은 절망 속에서도 생에 대한 강렬한 의지를 잃지 않았던 화가의 심정을 말해준다.

누스바움의 자화상은 홀로코스트의 상징인 안네 프랑크의 일기를 그림으로 보는 것 같다. 독일 태생의 유대인, 은신처에서 발각되어 강제수용소에서 살해당한 희생자, 폭력의 잔인함을 한 사람은 그림으로 다른 한 사람은 일기로 증언했다는 공통점을 갖고 있다. 절망 속에서도 희망을 잃지 않았다는 것도 똑같다.

> 우리를 죽이려고 다가오는 점점 더 커지는 천둥소리를 들으며, 수백만의 사람들이 겪는 고통을 함께 느끼고 있어. 그러

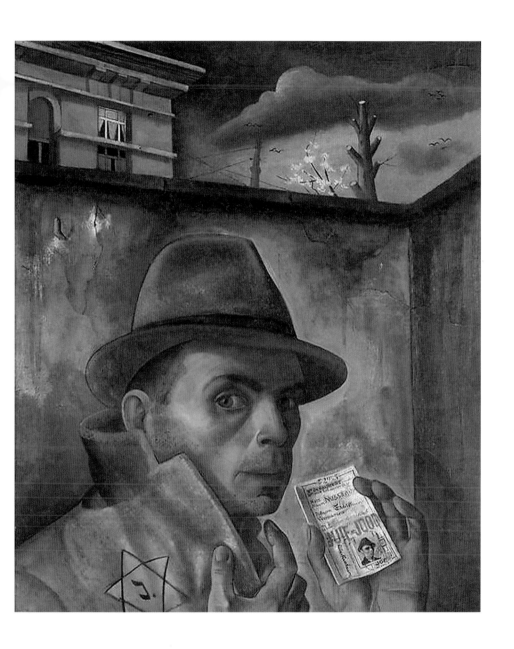

펠릭스 누스바움 | 유대인 증명서를 쥐고 있는 자화상 | 1943년

다가도 하늘을 보면 모든 게 다시 좋아질 것이고, 이 괴로움
도 끝이 나고 평화가 다시 찾아올 거라는 생각이 들곤 해. 그
때까지 나는 희망을 소중히 간직할 거야.

—안네 프랑크, 『안네의 일기』

오늘날 누스바움의 자화상은 반전(反戰)의 아이콘이 되었다. 하늘
나라에 있는 화가는 알고 있을까? 수많은 사람들이 속죄하는 마음
으로 독일 오스나브뤼크에 있는 '펠릭스 누스바움 미술관'을 방문
하고 있다는 것을?

전쟁은
이젠 그만

🐌 케테 콜비츠, 씨앗들이 짓이겨져서는 안 된다

독일의 위대한 판화가 케테 콜비츠는 전쟁일기(1941년)에 이렇게
적고 있다.

> 철없는 망아지처럼 바깥 구경을 하고 싶어 하는 베를린의
> 소년들을 한 여자가 저지한다. 늙은 여자는 자신의 외투 속
> 에 소년들을 숨기고서 그 위로 팔을 힘차게 뻗어 감싸고 있
> 다. '씨앗들이 짓이겨져서는 안 된다.' 이 요구는 막연한 소
> 원이 아니라 명령이다.

일기는 그대로 그림으로 옮겨져 전쟁화의 걸작이 탄생하게 된다.

이 그림을 전쟁화의 걸작으로 부르는 것은 전쟁의 잔인함이나 끔찍함, 인간의 야수성을 직접적으로 드러내지 않고도 강력한 반전메시지를 전해주기 때문이다. 세 명의 아이들을 보호하고 있는 늙은 여자는 인류의 어머니를 상징한다. 외투 자락에 몸을 숨긴 아이들은 전쟁의 공포에 떠는 민중을 의미한다.

콜비츠가 자애롭지만 강인한 어머니의 형상을 빌려 전쟁의 참상을 고발한 것은 그녀도 전쟁의 희생자였기 때문이다. 콜비치의 둘째아들 페터는 1914년, 18세의 나이로 플랑드르에서 전사했고 죽은 아들의 이름을 딴 큰손자 페터도 1942년 러시아에서 전사했다. 콜비츠는 전쟁터에서 사랑하는 자식을 잃은 모든 어머니의 슬픔을 이 전쟁화에 담아 애도한 것이다. 미국 시인 월트 휘트먼도 전쟁일기를 썼다.

첫 여름을 고대했던 여린 풀잎들 위로 군화와 포탄 파편이 비처럼 쏟아졌다. 단 한 번도 사람을 죽여본 적이 없는 젊은 이들이 난생 처음 만난 마을 젊은이에게 대검을 휘두르고, 총을 쏘고, 개머리판으로 머리를 후려갈겼다.

연대 병사 중 서른이 넘은 병사는 한 사람도 없는 것 같았다. 적게는 열세 살, 많아야 스물세 살 남짓이다. 그들은 아직 세상을 모른다. 세상을 알기도 전에 사람부터 죽이게 된 것이

케테 콜비츠 | 씨앗들이 짓이겨져서는 안 된다 | 1942년

다. 저 평온한 얼굴들이 들판과 숲에서 사람을 죽였다.

(…) 서로 똑같은 몰골을 하고 있으면서도 병사들은 피를 뒤집어쓴 상대방을 악마라고 생각했다. 우리는 인간이 악마가 될 수 있음을 스스로 증명해냈다.

콜비츠가 늙은 어머니의 모습을 빌려 사랑과 평화의 메시지를 전파한 뜻을 이해하게 된다. 세상의 모든 전쟁은 남자들이 일으킨다. 전쟁 게임을 즐기는 철없는 자식들을 향해 '전쟁은 이젠 그만!' 하고 타이를 수 있는 존재가 늙은 어머니 말고 누가 또 있겠는가.

가슴에
묻은 자식

🐟 케테 콜비츠, 자식의 죽음

사랑하는 이의 죽음은 살아 있는 사람들의 마음에 고통스런 상처를 남긴다. 그중에서도 자식을 먼저 떠나보낸 어머니의 마음에 새겨진 상처가 가장 깊고도 크다. 독일의 판화가 케테 콜비츠는 인간이 느끼는 가장 큰 슬픔은 자식의 죽음이라는 것을 그림으로 생생하게 보여주고 있다.

죽은 자식의 관을 두 팔로 안고 서 있는 여인. 화가는 어린 자식을 잃은 어머니의 비통한 심정을 보다 강렬하게 전달하기 위해 목판화를 선택했다. 여인의 얼굴, 두 손, 관은 서칠고 날가로운 줄무늬 선으로 표현했다.

가슴을 날카롭게 후벼 파는 슬픔을 강조하기 위해서다. 줄무늬를

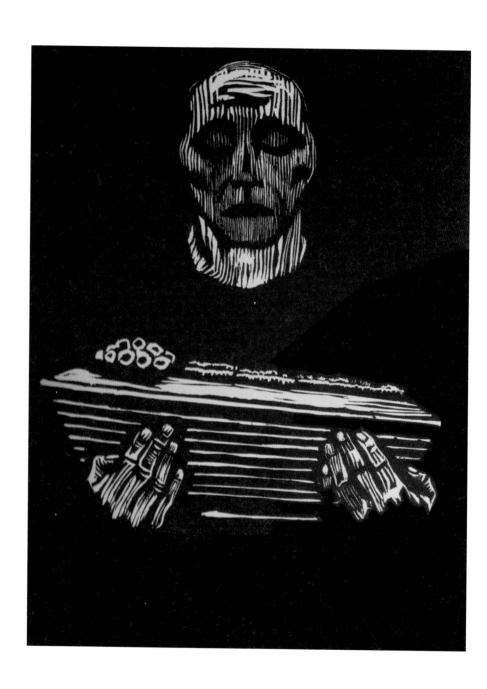

케테 콜비츠 | 자식의 죽음 | 1925년

제외한 나머지는 검은 색으로 표현했는데 그녀의 말에 따르면 '고통은 아주 어두운 빛깔'이기 때문이다. 케테 콜비츠는 자식을 잃은 어머니의 고통에 진심으로 공감할 수 있었다. 자신도 불과 18세로 저세상으로 떠난 아들을 가슴에 묻은 채 평생을 살았기 때문이다. 그러나 그녀는 한 개인의 슬픔을 인류 보편적인 슬픔으로 승화시켰다. 어떻게? 대답은 "내가 너(아들 페터) 대신 너의 조국을 사랑하겠다"라는 어록이 말해주리라.

현대무용의 전설로 불리는 이사도라 던컨도 두 자녀를 잃었다. 보모와 함께 나들이 나갔던 아들과 딸을 교통사고로 저세상으로 떠나보낸 것이다. 그녀는 어린 자식들을 잃은 아픔을 자서전에 이렇게 적었다.

> "아이들이. 아이들이. 죽었어."
> 나는 그때 모든 것이 얼어붙는 듯한 이상한 적막감을 느꼈으며 마치 타고 있는 석탄을 삼킨 것처럼 혀만이 뜨겁게 달아오른 느낌이었던 것으로 기억한다.
> 차갑게 식어 있는 이 작은 손들이 다시는 나에게 닿지 못할 것이라고 느꼈을 때 나는 나의 울음소리를 들었다. 아이들을 낳을 때 내가 들었던 것과 같은 똑같은 울음소리였다……

화장터에서 널리에 있는 스튜디오로 돌아왔을 때 내 삶을
끝내버릴 명확한 계획이 세워져 있었다. 아들과 딸을 잃고
나서 내가 어떻게 살아갈 수 있단 말인가?

곁에 있던 나의 어린 학생이 말했다. "이사도라 선생님. 우
릴 보시고 사시면 돼요. 우리도 역시 선생님의 아이들이 아
닌가요?" 가슴이 미어지는 슬픔을 달래주었던 건 바로 그
아이의 말이었다.

이 그림과 글이 먹는 것도 자는 것도 웃는 것도 죽은 자식에게 미
안하다고 한숨짓는 어머니들에게 작은 위로가 될 수 있기를 바라
며.

눈동자로 쓴
전쟁일기

🐑 박대조, Boom Boom

박대조의 작품을 보는 순간 '시각적 이미지는 백 마디 말보다 효과적'이라는 말을 실감하게 된다. 그는 말보다 강렬한 이미지의 힘을 강조하기 위해 영화에서 사용되는 기법인 인물의 특정 부분을 확대하는 클로즈업과 가장 밝게 빛나는 부분을 두드러지게 보여주는 하이라이트를 빌려왔다. 이 기법들은 관객에게 충격, 놀라움, 흥미를 주고 작품 속으로 끌어들이는 극적인 효과가 뛰어나다.

이 작품에서는 여자아이의 눈에 클로즈업과 하이라이트 기법이 사용되었다. 아이의 눈동자를 확대한 것은 클로즈업, 눈동자가 가장 밝게 빛나 보이도록 검은 눈썹과 머리카락, 검정 마스크를 대비시켜 표현한 것은 하이라이트 기법을 활용했다. 한 걸음 더 나아가

클로즈업과 하이라이트에 자신이 개발한 창작기법을 결합했다. 아이의 사진을 찍은 감광필름을 대리석에 붙여 빛을 투과시킨 후 빛에 의해 구멍이 뚫린 돌의 표면에 음각을 하고 먹과 아크릴로 채색하는 암각기법으로 사진이며 조각, 회화인 작품을 완성한 것이다.

그가 이토록 힘들고 까다로운 창작과정을 통해 관객에게 전하려는 메시지는 무엇일까? 대답은 아이의 맑고 순수한 눈동자에 비친 원자폭탄 폭발 장면이 말해주고 있다. 아이는 눈빛으로 발언한다. 전쟁의 폭력성에 결코 굴복하지 않는 사람들이 존재하기에 인류에게는 아직 희망이 있노라고. 다음은 참혹한 전쟁을 겪은 8명의 어린이가 직접 쓴 전쟁일기집인 『빼앗긴 내일』에서 가져온 것이다.

> "내가 아는 거라고는 정치가들이 심심풀이 삼아 벌인 놀이 때문에 사라예보에서 1만 5,000명이 죽었는데, 그중에서 3,000명이 어린애이고, 팔다리가 없이 목발을 짚거나 휠체어를 탄 5만 명의 장애인들이 거리에 널렸다는 것뿐이야. 그리고 공동묘지에 빈자리가 없어 이젠 희생자들의 시신을 공원에 묻고 있다는 것도 물론 알고 있지."

그런 이유에서 박대조가 창조한 아이의 눈동자를 그림으로 쓴 전쟁일기라고 불러도 좋으리라.

박대조 | Boom Boom | 2008년

탐욕의
종말

(♣) 마우리치오 카텔란, Him

맥베스 부인: 다 허무하고 소용없는 일이다. 욕망이 이루어
저도 만족이 없는 한은. 살인을 하고 얻은 명예도 이렇게 불
안한 기쁨밖에 누리지 못할 바에야 차라리 살해당하는 신세
가 더 편하겠구나.

맥베스: 아, 내 마음속에는 전갈들이 우글거리는 것 같소.

— 윌리엄 셰익스피어, 『맥베스』, 제3막 2장 중에서

셰익스피어의 대표작인 『맥베스』는 권력욕이라는 허상을 쫓다가
파멸하는 인간 유형을 보여준다. 스코틀랜드의 용맹한 장군 맥베스
는 왕이 될 거라는 마녀의 예언에 현혹되어 공범자인 아내와 덩컨

마우리치오 카텔란 | Him | 2001년

왕을 시해하고 왕좌에 앉는다.

최고 권력자가 되었지만 부부는 행복하기는커녕 두려움과 공포심에 떨게 된다. 마음속의 재판관이 죄책감이라는 무시무시한 형벌을 내렸기 때문이다. 맥베스의 비극은 인생 최대의 적은 탐욕이며 탐욕은 죄의식을 부른다는 교훈을 안겨준다. 권력욕의 희생물인 맥베스의 후예를 설치예술가인 마우리치오 카텔란의 조각 작품에서도 만날 수 있다.

양복 입은 작은 남자가 무릎을 꿇고 용서를 빌고 있다. 낯익은 얼굴, 특유의 콧수염, 앗, 히틀러다. 나치 정권의 최고 권력자였던 히틀러가 잘못을 저지른 꼬마처럼 '나쁜 짓 안 할게요'라고 싹싹 빌고 있다. 권력욕의 화신, 희대의 학살자, 독재자 1순위인 히틀러를 참회하는 악동으로 뒤바꾼 예술가적 역발상이 기발하고 유쾌하다.

카텔란은 미술계의 스캔들 제조기다. 인간의 헛된 욕망을 신랄하게 풍자하고 사회적 금기에 도전하고 제도와 권위를 비꼬는 도발적인 작품으로 센세이션을 일으키는 전략을 구사한다. 덕분에 세계적인 권위를 가진 베니스 비엔날레에 5번이나 초대받은 스타 작가가되었다.

히틀러의 모습을 사실적으로 재현한 이 인물 조각상도 커다란 물의를 일으켰다. 나치에 의해 희생당한 유대인 유족들이 역사의 비극을 한낱 웃음거리로 만든 작품이라고 맹렬히 비난했기 때문이다. 유족들은 히틀러가 무릎 꿇고 잘못을 비는 자세를 문제 삼았다. 희생자들에게 진심으로 참회하는 것으로 보이지 않는다. 단지 관객을 자극하고 도발하려는 의도가 아닌지 의심한 것이다.

그들이 '죄의식과 권력자, 이 두 가지는 우리의 피 속에 새겨져 있지요.' 하고 카텔란이 말했다는 것을 알았다면 과연 작품을 비난했을까 궁금해진다. 착한 사람도 완장을 차면 나쁜 권력을 행사하는 사례를 주변에서 자주 보게 된다. 수많은 맥베스들에게 권력 중독자의 동반자는 죄의식이라는 진리를 전해주고 싶다.

> "너무 욕심을 갖지 말게. 어둠의 힘은 아주 작은 진실을 미끼로 하여, 인간을 파멸의 구렁텅이로 끌어들이기도 한다는 걸 기억하게."

꽃의
아이들

✿ 디에고 리베라, 꽃 파는 사람

멕시코 원주인 여자가 경건하게 무릎을 꿇고 두 팔을 벌린 자세로 카라 꽃다발에 얼굴을 파묻고 있다. 이 카라 꽃은 한 손에 쥘 수 있는 선물용 꽃이 아니다. 나무처럼 강인하고 대지의 여신처럼 생명력이 넘치는 특별한 꽃이다. 이 꽃은 '꽃은 작고 연약하고 아름답다'라는 선입견을 깬다. 그것은 멕시코 혁명의 주역인 민중을 상징하기 때문이다.

멕시코 출신의 세계적인 화가 디에고 리베라는 혁명가형 예술가다. 예술이 노동자 계급에게 봉사하고 억압받는 멕시코 민중들에게 해방과 자유를 주는 투쟁의 수단이 되어야 한다고 믿었다. 이는 다음의 말에서도 드러나고 있다.

디에고 리베라 | 꽃 파는 사람 | 1941년

"내게는 가난한 사람들의 고민과 희망을 아주 강렬하게 느끼게 해주는 출신 배경이 있습니다. 나는 그들을 도와주어야만 합니다. 그리고 그들을 위해 투쟁해야 합니다. 그렇게 해서 스스로 자립할 수 있게 해주고 더 나은 세상을 보게 해줘야 한다는 게 나의 희망입니다."

자신의 혁명적 신념을 실천하기 위해 민중의 눈높이를 고려한 열린 미술운동을 벌였다. 민중들이 모이는 공공장소에 멕시코의 신화·역사, 사회적 개혁이 주제인 거대한 벽화를 그렸다. 세계인들의 관심을 집중시킨 벽화 운동을 주도하는 한편 멕시코 민중을 카라 꽃에 비유한 꽃 그림을 그렸는데 이 그림은 그중의 한 점이다.

하필 카라 꽃을 선택했을까? '순결과 사랑'이라는 카라의 꽃말에서 의미를 찾을 수 있겠다. 고통받는 멕시코 민중들을 위해 순정을 바치겠다는 각오와 맹세, 혁명의 고귀한 이상을 카라 꽃을 빌려 전달한 것이다.

1967년 3월 베트남 전쟁에 반대하는 젊은이들이 머리에 꽃을 꽂고 무력진압에 나선 군인들의 총에 꽃을 꽂아주었다. 그들은 군인들에게 얻어맞으면서 트럭으로 꽃을 실어날라 국방성 건물 외벽을 꽃으로 장식하는 꽃 시위를 벌였다.

이후 폭력 앞에 꽃으로 저항한 젊은이들은 '꽃의 아이들'로 불렸고, 비폭력 시위는 '플라워 파워'라고 불리게 된다. 꽃이 전하는 사랑과 평화의 메시지는 스코트 맥켄지의 〈샌프란시스코에 가면 머리에 꽃을 꽂으세요〉라는 노래가사에도 담겨 있다.

> 샌프란시스코에 가면 머리에 꽃을 꽂으세요. 샌프란시스코에 가면 평화를 사랑하는 사람들을 만날 수 있을 거예요. (…) 이 나라를 가로지르는 강한 떨림과도 같은 사람들의 운동, 거기엔 모든 세대가 있어요. 새로운 화합으로 모인 사람들의 운동, 사람들의 운동. 샌프란시스코에 가면 머리에 꽃을 꽂으세요. 샌프란시스코에 가면 여름날 love-in이 있어요. 샌프란시스코에 가면 여름날 평화를 사랑하는 사람들의 모임이 있어요.

지금도 작고 연약한 꽃이 세상을 바꿀 수 있다고 믿는 사람들이 있다. 그들에게 꽃의 아이들의 원조인 프리드리히 실러의 메시지를 전하고 싶다.

> 그대는 가장 드높은 것, 가장 위대한 것을 찾는가, 그렇다면 식물이 그것을 가르쳐주리라.

절망의 땅에서도
희망은 움튼다

밀레, 까마귀가 있는 겨울

〈만종〉〈이삭 줍는 사람〉으로 유명한 장 프랑수아 밀레는 대중적인 인기가 무척 높다. 밀레의 그림만큼 전 세계적으로 복제되어 전파된 사례도 찾아보기 힘들 정도다. 대중이 밀레의 그림에 열광하는 이유는 무엇일까? 땀 흘리며 일하는 농민과 농촌생활을 정적이고 우수적인 분위기에 녹여냈기 때문이다. 그러나 대중에게 친숙한 화가라는 베일을 걷으면 뜻밖의 실이 드러난다.

그는 당시 보수진영의 공격을 받았던 현실비판적인 화가이기도 했다. 들판에 버려진 쟁기와 스랑, 농기구에 하얗게 내려앉은 서리, 죽음의 사신처럼 느껴지는 까마귀 떼가 대지를 점령한 겨울 풍경화가 그 증거이다.

밀레가 죽음의 땅을 연상시키는 암울한 풍경화를 그린 것은 농민들의 궁핍함과 농촌의 비참한 현실을 미화하거나 감상적으로 표현하지 않고 솔직하게 보여주기 위해서였다.

그런 의미에서 이 그림은 빅토르 위고의 소설 『레 미제라블』의 회화 버전이라고 불러도 부족함이 없다. 밀레와 위고는 프랑스가 자랑하는 가장 유명하고 가장 대중적인 국민 예술가다. 그림의 제작년도와 소설의 발행연도가 같고 빈민들의 고통에 주목한 점도 같다. 『레 미제라블』 3권에는 이 풍경화를 떠올리게 하는 문장도 나온다.

> 그날 저녁은 마리우스에게 심각한 동요를, 그리고 그의 마음속에 슬픈 그늘을 남겼다.
> 그가 느낀 것은 밀의 씨앗을 뿌리기 위하여 쇠 연장으로 땅을 파헤칠 때 땅이 느낄지도 모를 그런 느낌이었다. 그 순간에는 땅은 오직 상처만을 느낀다.
> 싹을 틔울 때의 전율과 열매 맺는 기쁨은 나중에야 온다.

밀레의 위대함은 절망의 땅에서도 생명의 빛을 보았다는 것. 저 지평선 너머를 보라. 밝고 따뜻한 봄기운이 느껴지지 않는가. 밀레는 죽음의 계절이 곧 시작의 계절이라고 말하기 위해 이 겨울 풍경화를 그렸던 것이다.

밀레 | 까마귀가 있는 겨울 | 1862년

우리는 왜 공포물에
매혹 당하는가?

🐛 벡신스키, 무제

내가 아는 가장 무서운 그림을 그린 화가는 폴란드 출신의 즈지스와프 벡신스키다. 그의 그림은 의식이 있는 채로 꾸는 악몽과도 같다. 인간의 내면에 자리한 폭력성을 그린 화가들은 많다. 그러나 이토록 충격적인 방식으로 인간 속의 지하세계를 그리는 화가는 찾아보기 어렵다. 그만큼 두렵고 끔찍하고 오싹한 느낌을 준다. 한마디로 그림으로 보는 지옥의 묵시록이다.

이 그림에도 섬뜩하고 괴기한 벡신스키 화풍의 특징이 잘 드러나 있다. 불타는 도시에서 인류의 마지막 생존자가 시신들의 파편이 널려 있는 거리를 힘겹게 기어가고 있다. 인간이기보다는 상처 입은 한 마리 흉측한 거미를 떠올리게 한다. 팔다리는 앙상하고 몸은

즈지스와프 백신스키 | 무제 | 1976년

새까맣고 얼굴은 붕대로 감겨 있으며 그 붕대에서 붉은 핏물이 스며 나오고 있다.

지구의 종말을 그린 것일까? 배경은 어딜까? 영원히 꺼지지 않고 타오르는 지옥의 유황불을 그린 것일까? 죽음의 도시를 필사적으로 탈출하는 유일한 생명체를 그렸는데도 왜 희망이 아닌 절망감이 느껴지는 걸까? 많은 사람들이 벡신스키가 공포 그림의 거장이 된 배경을 궁금해한다.

그것은 그가 제2차 세계대전의 참상을 경험했고 세상과 멀리 떨어져 살았던 은둔형 예술가였기 때문이다. 이를 증명하듯 벡신스키의 작품들은 섬뜩하고 절망적인데다 제목도 없다.

차마 글자로도 표현할 수 없는 공포를 그렸다는 뜻일까? 공포영화보다 더 무서운 이 그림은 인간의 내면에 도사린 폭력성과 파괴적 욕망을 가장 독창적인 방식으로 보여주었다는 찬사를 받고 있다. 공포소설의 거장인 스티븐 킹은 저서 『죽음의 무도』에서 이렇게 말했다.

사람들이 자주 질문하는 것 중의 하나, 이 세상에 현실의 공포가 그렇게나 많은데도 왜 당신은 무서운 것들을 만들어내고 싶어 하는가? 그에 대한 대답은 '현실의 공포를 극복하는 데 도움을 얻기 위해 공포를 만들어낸다'는 것이다. (…) 공포는 사회가 우리에게 억제하라고 부단히 요구하는 감정들을 운동시킬 기회를 제공한다.

스티븐 킹은 관객들이 공포와 전율을 일으키는 벡신스키의 작품에 매혹 당하는 이유를 알려준 셈이다. 공포 그림은 사회가 인간에게 억제하라고 요구하는 나쁜 욕망, 다시 말해 반사회적인 행동, 동물적인 공격성이라는 유해 가스를 배출하는 장치다.

무서운
가족

파울라 레고, 가족

　포르투갈 출신의 세계적인 화가 파울라 레고는 뛰어난 스토리텔러(이야기 잘하는 사람)다. 사람의 마음을 움직이는 힘을 가진 스토리텔링 기법을 미술과 융합해 호기심을 불러일으키고 공감하게 만든다. 이 작품은 그녀가 스토리텔링의 힘을 어떻게 그림에 활용했는지 보여주는 사례다.

　그림의 배경은 평범한 중산층 가정, 4인 가족이 모여 있는 방 안 분위기가 왠지 살벌하다. 아내와 큰딸이 퇴근하고 집에 들어온 가장을 붙잡아 강제로 침대에 앉혀놓았다. 아내는 미소를 짓지만 그녀의 거짓 웃음에 속지 말자. 남편이 반항하지 못하도록 손목을 꽉 잡고 양복 소매를 거칠게 잡아당기며 옷을 벗기고 있지 않은가. 큰

파울라 레고 | 가족 | 1988년

딸은 한 술 더 뜬다. 좀비처럼 사악한 눈빛으로 아빠를 쨰려보며 바지를 강제로 벗기고 있다. 창가에 서 있는 둘째딸만이 양순한 가장을 괴롭히고 학대하는 두 모녀의 행동에 놀라 기도하듯 두 손을 모으고 있다.

레고는 불행한 가정사를 미술로 풀어내는 작가다. 남편이 오랫동안 지병을 앓는 동안 환자를 간호하고 가족의 생계를 책임지는 가장 역할을 했던 아픈 경험을 그림에 녹여냈다. 레고는 스토리텔링 기법으로 묻고 있다. '단란한 가족' '가정은 사랑의 보금자리'라는 환상을 깨는 이 막장 드라마가 과연 그림 속만의 이야기일까? 박범신의 소설 『소금』에도 가족들에게서 왕따 당하는 아버지들이 등장한다.

> 아버지들 얘기야. 처자식이 딸리면 치사한 것도 견디고 필요에 따라 이념도 바꿔야지. 오늘의 아버지들, 예전에 비해 그 권세는 다 날아갔는데 그 의무는 하나도 덜어지지 않았거든. 어느 날 애비가 부당한 걸 견디지 못하고 직장을 박차고 나와 낚시질이나 하고 있어봐. 이해하고 사랑할 자식들이 얼마나 있겠어?
>
> (…) 세상의 모든 아버지를 꼭 둘로 나눠야 한다면, 하나는 스스로 가출을 꿈꾸는 아버지, 다른 하나는 처자식들이 가

출하기를 꿈꾸는 아버지로 나눌 수 있었다.

레고가 들려주는 잔혹한 가족사에 귀 기울이다 보니 문득 가슴이 섬뜩해진다. 그림 속 무서운 여자들의 모습에서 우리 자신을 보는 것 같아서.

완벽한 가족보다
행복한 가족이 돼라

안윤모, 가족

    안윤모는 미술계의 이솝이다. 이솝은 고대 그리스의 우화작가로, 그 유명한 『이솝 우화』에 나오는 이야기를 지은 이다. 안윤모의 그림을 보면 '성인들의 도덕 교과서' '지혜의 칼'로 불리는 『이솝 우화』를 미술 버전으로 감상하는 것 같다.

    동물들이 주인공으로 나오는 그의 그림은 재미와 교훈을 주는 데다 특유의 유머와 재치, 풍자로 현대사회를 날카롭게 비판하기도 한다. 호랑이 가족이 모여 단란한 분위기에서 행복한 시간을 보내는 이 그림에는 안윤모 화풍의 특징이 잘 드러나 있다.

    화가는 인간이 꿈꾸는 이상적인 가족상을 호랑이 가족에게 투영했다. 호랑이 부부는 닭살 커플, 사랑의 콩깍지가 벗겨진 이후에

안윤모 | 가족 | 2009년

도 서로를 의지하고 사랑한다. 휴식을 취할 때도 잠시도 떨어지지 않고 볼을 비비며 심지어 한 잔의 커피도 사이좋게 나눠 마신다. 두 자식도 화목한 가정의 아이들답게 구김살이라고는 찾아보기 어렵다.

무엇이 그들을 새와 나무와도 다정하게 사귀는 착한 호랑이로 만든 것일까? 가족애다. 그 증거로 호랑이 가족은 약속이라도 하듯 같은 방향을 바라보고 있지 않은가.

미국의 가족 전문가인 스콧 할츠만은 저서 『행복한 가정의 8가지 조건』에서 행복한 가족은 한 방향을 바라보고 있다고 말했다. 그리고 이런 조언도 들려주었다.

여기서 내가 여러분에게 당부하고자 하는 것이 있다.

그것은 이 책의 주제가 '완벽한 가족'이 아닌 '행복한 가족'임을 잊지 말라는 것이다. 앞서 딸에게 행선지를 알리는 것이 왜 중요한지 말하기 위해 한밤중에 깨어 있었다는 이야기를 했을 때 여러분은 우리 가족에게도 문제의 소지가 있음을 이미 눈치 챘을 것이다.

어떤 가족이든 문제의 소지는 있다. 완벽한 가족이란 없다.

가족! 사랑하지만 벗어나고 싶은 관계라고 가족 간의 갈등을 호소하는 사람들이 많다. 이 그림과 글은 힘든 가정사로 고통 받는 사람들에게 행복한 가정을 만들 수 있는 비결을 알려주었다. 그것은 완벽한 가정에 대한 집착을 버리는 것.

일터로 나가는
가족에게

🐦 구레모토 토시마츠, 때로는 방황하는 남자

일본의 작가 구레모토 토시마츠는 시인의 마음을 지닌 예술가다. 작품의 제목도 문학적이다. 〈때로는 방황하는 남자〉 〈지루한 웃음〉 〈구름에 오르는 남자〉 〈북쪽, 남쪽 그리고 동쪽, 서쪽을 보았던 남자〉 등 제목만 알면 작품의 메시지를 쉽게 이해하게 된다. 또 한 가지 특징은 인물 조각상의 모델이 샐러리맨이나 세일즈맨이라는 것.

토시마츠가 평범한 직장인의 꿈과 이상, 좌절과 방황을 실감나게 조각상에 표현할 수 있었던 것은 과거 직장생활을 했던 때의 경험을 작품에 담았기 때문이다. 이 인물 조각상의 남자도 직장인이다. 남자는 열심히 일하지만 관심의 대상조차 되지 못하는 초라한 자신이 부끄러워 마음이 쓸쓸하다.

구레모토 토시마츠 | 때로는 방황하는 남자 | 2014년

사표를 던질 용기도 내지 못하고. 스트레스 해소법도 찾지 못하고 기껏 거리를 방황하는 자신의 처지가 한심스럽게 느껴진다. 그러나 토시마츠는 소심한 그를 비웃기보다는 연민과 애정 어린 눈길로 따뜻하게 감싸 안는다. 진한 검정색을 사용해 짝짝이 눈을 강조하지 않았는가? 이는 남자의 외로움에 공감한다는 뜻이다. 아서 밀러의 희곡 『세일즈맨의 죽음』에서 주인공 윌리의 아내 린다는 두 아들에게 30년간 가족의 생계를 책임졌던 남편을 이렇게 변호한다.

> 윌리 로먼은 엄청나게 돈을 번 적도 없어. 신문에 이름이 실린 적도 없지. 세상에서 가장 훌륭한 인품을 가진 것도 아니야. 그렇지만 아버지도 한 인간이야. 그리고 무언가 무서운 일이 그에게 일어나고 있어. 그러니 관심을 기울여주어야해. 늙은 개처럼 무덤 속으로 굴러 떨어지는 일이 있어서는 안 돼. 이런 사람에게도 관심이, 관심이 필요하다고.

토시마츠와 아서 밀러는 우리에게 사랑하는 가족들이 직장에서 포기하지 않고 살아남을 수 있는 방법을 말해주었다. 일터로 나가는 가족에게 좀 더 많은 사랑과 관심을 기울이라고.

복을 부르는
미술

∾ 연꽃 No.2(Good Luck-길몽시리즈), 유현미

　유현미는 '행운의 꿈'을 선물하는 아티스트다. 창조와 풍요, 순결의 상징인 연꽃이 집 안에 가득 피어나는 이 작품도 그녀가 관객에게 선물하는 좋은 꿈이다.

　유현미는 꿈, 그중에서도 길몽에 관심이 많다. 길몽이 한국인의 원형적 사고나 무의식에 자리한 욕구, 소망을 보여주는 상징물이라고 믿고 있다. 그 증거로 서양에는 악몽(nightmare)을 나타내는 단어는 있어도 길몽을 의미하는 단어는 없다고 말한다. 또 길몽을 믿는 동양권에서도 한국만큼 길몽의 사례가 많고 구체적인 나라도 찾아보기 힘들다. 왜 한국인들은 유독 길몽에 집착하는 걸까?

　이 작품은 그런 질문에 대한 유현미 식의 연구물이다. 신기하게

유현미 | 연꽃 No.2(Good Luck‒길몽시리즈) | 2010년

도 꿈속의 한 장면을 표현했는데도 현실에서 일어난 일처럼 느껴진다. 꿈을 실감나게 재현하는 창작 비결을 공개하자면 먼저 연극 무대처럼 실내공간을 디자인하고 연꽃과 연잎 모양의 사물을 배치한다. 다음은 연꽃, 연잎을 실물처럼 보이도록 색칠하고 실내 벽면, 벽에 걸린 그림, 전기 콘센트, 바닥의 물은 물감과 붓으로 그린다.

끝으로 사진 촬영을 하면 꿈과 현실을 넘나드는 조각이며 그림이며 사진인 작품이 탄생하는 것이다. 유현미는 인터뷰에서 창작배경과 의도를 이렇게 들려주었다.

> "이번 주제는 'Good Luck'입니다. 꿈에 나타나는 좋은 징조들을 모아보았죠. 길몽이나 태몽 같은 것들. 지인들이 들려주는 꿈 얘기를 듣고 함께 기뻐하던 순간을 기억하며 작업을 시작했어요. (…) 저의 작품의 화풍을 굳이 말하자면 비현실주의라고 봐야겠죠.
>
> 초현실주의는 있지도 않고 있을 수도 없는 내용을 다루지요. 비현실적인 것은 말도 안 되는 일이지만, 일어날 수 있다는 것을 전제하기 때문에 차이가 있다고 봐야죠.
>
> 꿈에서 보이는 현상들도 비현실적인 내용이지만 좋은 꿈은 우리들이 현실에서도 기대하며 살아가는 것과 마찬가지라고 봐야죠."

인간이라면 누구나 재앙을 피하고 복을 구하는 마음을 가지고 있다. 심지어 부처도 "이 세상에서 복을 구하는 사람으로 나보다 더한 사람은 없다"라고 〈증일아함경〉에서 말씀하지 않았던가. 길몽을 믿으면 마음의 평화와 정서적인 안정을 갖는 데 도움이 된다고 하니 오늘은 유현미의 선물인 길몽을 마음의 벽에 걸어두고 감상하는 행운을 누리시라. 'Good Luck!'

맥베스 부인: 다 허무하고 소용없는 일이다. 욕망이 이루어져도 만족이 없는 한은. 살인을 하고 얻은 명예도 이렇게 불안한 기쁨밖에 누리지 못할 바에야 차라리 살해당하는 신세가 더 편하겠구니.

맥베스: 아, 내 마음속에는 전갈들이 우글거리는 것 같소.

— 윌리엄 셰익스피어, 『맥베스』, 제 3막 2장 중에서

3부

성취욕, 존재 추구의 욕망

나에게로
가는 길

🔺 에곤 실레, 자화상

"전 그 당시 가끔은 자살충동을 억제하기 힘들었어요. 인생
의 길을 가는 것이 누구에게나 그렇게 힘든 건가요?" "태어
나는 것은 언제나 힘든 일이죠. 새는 알 껍질을 깨고 밖으
로 나오려고 애쓰지요. 싱클레어, 기억을 돌이켜 스스로에
게 한번 물어보세요. 운명은 당신을 사랑하죠. 당신이 충실
하기만 한다면 운명은 언젠가 당신이 꿈꾸는 대로 완전하게
당신 것이 될 거예요.

— 헤르만 헤세, 『데미안』 중에서

헤르만 헤세의 『데미안』은 성장통을 앓는 젊음의 고뇌와 방황을

에곤 실레 | 자화상 | 1912년

그린 성장소설이다. 성인으로 입문하기 전에 겪는 아픔을 그렸다고 해서 청춘의 소설로 불리기도 한다. 소설의 메시지는 청춘의 문장으로 알려진 명구절로 압축된다.

> 새는 힘겹게 투쟁해 알에서 나온다. 알은 세계다. 태어나려는 자는 한 세계를 깨뜨려야 한다.

자신의 참모습을 알려면, 진심으로 원하는 삶을 살고 싶다면 자기혁명이라는 혹독한 통과의례를 거쳐야 한다는 뜻이다. 청춘의 초상은 28세로 요절한 오스트리아의 화가 에곤 실레의 〈자화상〉에서도 나타난다.

실레는 정장 차림에 나비 넥타이를 맨 멋쟁이 반항아로 자신을 연출했다. 날카로운 선으로 그려진 그의 얼굴은 청춘의 일기장이다. 거칠지만 나약하고 용감하지만 비겁하고 꿈꾸지만 좌절하고 순수하지만 관능적인 청춘기의 특성을 〈자화상〉에서 읽을 수 있다. 언뜻 보면 미완성작으로 느껴진다. 검정색 양복인데도 어깨까지만 색칠되었다.

하지만 왼쪽 소매 주름을 자세히 살피면 숨은그림찾기처럼 감춰진 화가의 서명을 발견하게 된다. 언뜻 보면 미완성작으로 느껴진다. 검은색 양복인데도 어깨까지만 색칠되었다. 색칠하다 만 검은

색은 청춘기의 불안과 두려움, 서명은 강한 자기애를 말한다.

영혼의 성숙을 위해서는 왜 한 세계를 파괴하는 고통을 겪어야만 하는가? 스스로 허물을 벗는 뱀, 씨앗의 껍질을 뚫고 나오는 새싹, 누에고치를 벗고 날아가는 아름다운 나비가 되기 위해서다

자유를 향한
날개

_▲_ 마그리트, 대가족

리처드 버크의 소설 『갈매기의 꿈』에 나오는 조나단 시걸은 매우 특별한 갈매기다. 다른 갈매기들이 선창가를 기웃거리며 먹이를 탐내는 시간에도 홀로 더 멀리, 더 높이 나는 기술을 연습한다. 조나단에게 비행은 존재의 의미, 자유의지, 해방의 또 다른 이름이다. 자신이 단순히 뼈와 깃털로 만들어진 존재가 아니라 원하는 어디로든 갈 수 있고 원하는 어떤 존재도 될 수 있다고 믿고 있다.

> "수천 년 동안 우리는 물고기 대가리를 찾아 휘젓고 다녔습니다. 그러나 이제 우리는 삶의 이유를 갖게 되었습니다. 배우고 발견하고 자유롭게 되는 것 말입니다."

"너는 네 자신이 될 수 있는 자유, 너의 진정한 자아가 될 수 있는 자유를 가지고 있는 거야. 바로, 지금, 여기에서, 아무것도 너의 길을 방해할 수는 없어. 그것은 위대한 갈매기의 법칙이야. 바로 존재하는 법칙이지."

"제가 날 수 있다고 말씀하시는 거예요?"

"나는 네가 자유롭다고 말하는 거야."

―리처드 버크, 『갈매기의 꿈』 중에서

벨기에 출신의 초현실주의 화가 마그리트의 그림은 갈매기 사회가 강요하는 질서와 법칙에 순종하는 대신 자유의지를 선택한 조나단을 떠올리게 한다.

하늘과 바다가 만나는 수평선 위로 거대한 새가 날개를 펼치고 비상(飛上)한다. 그림 속 갈매기는 평범한 갈매기가 아니다. 하늘의 구름도 단숨에 통과시키는 투명 갈매기다. 아니, 갈매기 형상의 구름일까? 새인 듯 구름인 듯, 구름인 듯 새인 듯, 하나이면서 두 개인 이미지는 지각능력을 흔든다. 마그리트는 왜 알쏭달쏭한 그림을 그렸을까?

남과 다른 눈으로 세상만물을 새롭게 바라보라는 뜻이다. 익숙한 새를 낯설게 하면 눈길을 끌게 되고 그 순간 호기심이 발동한다. 친숙한 것을 이용해 새로운 것을 창안하는 창의적 역발상법이다. 눈

마그리트 | 대가족 | 1963년
© RenéMagritte / ADAGP, Paris - SACK, Seoul, 2015

을 뜨고도 보지 못하는, 변화가 두려워 익숙한 것만 찾는, 고정관념에 사로잡힌 인간의 정신을 각성시키려는 것이다.

생각해보면 우리에게는 접어두고 한 번도 사용하지 않았던 장롱 날개가 있다. 위대한 가능성이 내면에 잠들어 있는데 날개가 녹슬기 전에 조나단처럼 비행연습을 시작해야겠다.

내 날개 밑에서 부는 바람

꘩ 반 고흐, 자고새 나는 밀밭

황금빛 밀밭 위로 자고새 한 마리가 힘차게 날아오른다. 그림에서 초여름의 햇살과 열기, 밀밭 사이로 강하게 때로는 부드럽게 일렁이는 바람의 감촉이 느껴진다. 심지어 새의 퍼득이는 날갯짓 소리까지도. 이 아름다운 풍경화를 그린 화가는 뜻밖에도 반 고흐다. 고흐가 이런 서정적인 풍경화를 그렸다니. 진짜 고흐 그림 맞아? 라고 되묻게 된다. 그러나 그림을 자세히 살피면 고흐 화풍의 특징을 발견하게 된다.

소용돌이 붓질, 줄무늬 붓질, 즉흥적이고 짧은 붓질 등 붓놀림이 독특하다. 황금빛 낟알과 파란 하늘, 노란색조의 그루터기와 초록색 밀 줄기의 보색 대비, 밀밭 사이로 보이는 강렬한 붉은 색점들

〈양귀비꽃〉은 역시나 고흐! 라는 확신을 갖게 한다.

　결정적인 증거물은 밀밭이다. 고흐는 밀의 일생, 농부들이 씨 뿌리고, 재배하고, 수확하고, 노적가리를 쌓아두기까지의 모든 과정을 풍경화에 담았다. 자살하기 직전에 그린 그림 〈까마귀 나는 밀밭〉도 밀밭에서 그린 것이며 스스로 목숨을 끊은 장소도 밀밭이다. 고흐는 왜 밀밭을 그토록 좋아했을까? 고흐가 여동생 빌헬미나에게 보낸 편지에 대답이 들어 있다.

　　　사람이나 밀이나 똑같다는 것을 강하게 느낀다.
　　　땅에 뿌려서 싹을 틔우지 않는다면 무슨 소용이 있겠니?
　　　그리고 결국에는 맷돌에 갈려 빵이 되지. (…) 내게 있어 습작을 하는 일은 밭에 파종을 하는 것과 같고 그림을 그리는 일은 수확과도 같다.

　또한 고흐에게 밀밭은 치유의 장소이기도 했다. 세상의 냉대와 가난, 정신병으로 고통을 겪었던 그는 '아내도 자식도 없는 나는 마냥 밀밭을 바라보고 싶을 뿐이다'라고 편지에 속내를 털어놓았으니 말이다. 그렇다면 비상하는 저 자고새는 고흐 자신이리. 밀밭은 상처 입은 고흐의 영혼이 돌아가 쉴 수 있는 둥지였으리. 그래서 밀밭 사이로 부는 바람 소리까지도 사랑했던 것이리라.

반 고흐 | 자고새 나는 밀밭 | 1887년

숲으로 다시 태어난
반 고흐

～ 김성룡, 반 고흐의 숲

　나무로 변신한 이 남자. 미술을 좋아하는 사람이라면 누구나 그림 속 얼굴이 친숙하게 느껴지리라. 남자는 전설의 화가로 숭배 받는 빈센트 반 고흐가 아닌가.

　반 고흐의 몸에서 나뭇가지가 자라고 그 나무들이 거대한 숲을 이루고 있는 이 그림은 너무도 강렬해서 좀처럼 눈길을 뗄 수 없게 만든다. 게다가 재료는 물감이 아닌 유성 볼펜이다. 김성룡은 왜 나무로 변신한 반 고흐를 그렸을까? 볼펜으로 그린 이유는 무엇일까?

　먼저 반 고흐의 몸은 죽었지만 영혼은 강인한 생명력을 지닌 저 나무들처럼 영원히 살아 있다는 뜻일까? 혹은 반 고흐가 자기희생을 통해 구원을 받았다는 의미인지도. 해석은 감상자의 몫이겠지만

김성룡 | 반 고흐의 숲 | 2007년

그가 반 고흐에게 애정을 품고 있는 것만은 확실하게 느껴진다. 반 고흐가 열정적으로 사랑한 태양빛과 그의 상징색인 노란색에 에워싸인 모습으로 그려졌으니 말이다. 다음은 볼펜을 선택한 이유다. 그는 이렇게 말한다.

> "볼펜의 선은 캔버스와 반대로 종이의 면을 파헤치는 특성이 있어요. 그리고 많은 노동력을 필요로 하기 때문에 인물의 심층부에 파고드는 장점이 있습니다."

흥미롭게도 두 예술가는 공통점이 많다. 둘 다 독학으로 화가가 되었고, 차별화된 독창적인 화풍을 발전시켰고, 책을 좋아하고 글재주도 뛰어나다. 치열하게 작업하고 집중력도 강하다. 독신인 점도 빼놓을 수 없겠다. 예술관도 비슷하다. 김성룡은 '예술이란 눈으로 본 것들이 예술가의 뛰어난 감수성에 의해 걸러져 나오는 것'이라고 말했고 반 고흐는 동생 테오에게 이런 편지를 보냈다.

> 나는 내가 그리는 대상과 풍경 속에 우수에 젖은 감상보다는 비극적인 고통을 표현하려고 한다. 그리고 사람들이 내 작품을 보고 이렇게 말해주길 바란다.
> 이 남자는 무언가 강렬하게 느끼고 있구나. 매우 섬세하고

뛰어난 감수성을 지닌 사람이야.

다음번에 김성룡을 만나면 묻고 싶다. 감성의 자양분이 되는 숲, 창작의 고통을 치유하는 숲이 되고 싶은 갈망을 반 고흐의 모습에 투영시킨 건가?

하늘 사다리
오르기

조지아 오키프, 달을 향한 사다리

밤하늘에 피어난 명료한 달빛을 따라 산행한 적이 있습니다. (…) 멀리 어렴풋이 보이는 산등성이 사이로 붉은 새벽빛이 감돌았습니다. 주위는 짙은 청록색과 붉은색이 어우러져 장관을 연출했습니다. 순간, 눈물 한 방울이 뚝 흘렀습니다. 글로는 표현할 수 없는 자연의 경이로움 때문이었습니다.

헨리 데이비드 소로우의 『소로우의 강』에 나오는 문장이다. 소로우를 감동시킨 자연의 경이로움은 조지아 오키프의 그림에서도 느끼게 된다.

조지아 오키프 | 달을 향한 사다리 | 1958년
© Georgia O'Keeffe Museum / SACK, Seoul, 2015

그림 속의 사다리는 날개라도 달린 듯 검은 능선을 벗어나 달을 향해 올라가는 중이다. 땅에 놓인 평범한 사다리가 아니라 우주 공간을 향해 날아가는 로켓 사다리다. 아니, 분리된 하늘과 땅을 이어주는 하늘 사다리다.

오키프는 72세가 되는 1958년, 미국의 뉴멕시코 주 아비키우에 있는 자신의 낡은 벽돌집에서 이 그림을 그렸다. 사다리는 상상의 산물이 아니라 집의 마당 건물 외벽에 기대놓은 실제 사다리에서 가져온 것이다. 오키프는 왜 비상하는 사다리를 그렸을까? 왜 어둠은 신비한 청록색일까?

하늘 사다리는 우주와 소통하고 싶은 바람을, 청록색 어둠은 초월적인 존재가 되고 싶은 갈망을 뜻한다. 예로부터 사다리는 정신적, 도덕적인 차원에서 더 높은 단계로 나아가는 것을 상징하는 한편 자기완성이나 깨달음을 의미하기도 한다.

오키프는 최초라는 진기록을 가장 많이 보유한 여성화가다. 미술 시장에서 가장 비싸게 팔리는 여성화가, 미국에서 기념미술관을 가진 최초의 여성화가, 메트로폴리탄 미술관이 선정한 14명의 미국 거장들에 포함된 유일한 여성화가라는 진기록을 세웠다. 위대한 예술가의 반열에 오른 그녀가 황량한 사막인 뉴멕시코로 스스로 유배를 떠났다. 그리고 늙은 몸으로 힘들게 사다리를 타고 지붕에 올라가 밤하늘을 올려다보곤 했다.

그녀는 지구와 우주 공간 사이의 아득한 거리, 그 도달할 길 없는 거리를 영혼의 자로 재고 있었을까? 혹은 자신이 태어나기 이전의 태초의 공간으로 되돌아가는 안내 표지판을 찾고 있었는지도. 그런데 혼자 밤하늘을 보면서 하늘 사다리를 오르는 꿈을 꾸곤 했던 늙은 여자의 고독과 자유가 왜 이토록 부러운 걸까?

삶에는
높이가 필요하다

🔺 한지선, 길

먼 옛날부터 사람들은 하늘과 소통하고 싶은 욕망을 품었다. 지상의 삶을 초월해서 더 높은 세계에 도달하려는 인간적인 갈망을 충족시키기 위해 획기적인 발명품도 개발했다.

바로 수직이동이 가능한 계단과 수직적 상승미의 극치를 보여주는 고딕식 건축물이다. 한지선의 작품에 마음이 끌렸던 것은 두 가지 인류의 발명품이 아름다운 조화를 이루고 있었기 때문이다.

이 그림에는 기하학적 구도가 적용되었다. 화면 위쪽에 보이는 단순하고 간결한 수직 형태의 건축물과 화면 아래 건축물로 이어지는 나선형 계단이 그것이다. 그래서 현실의 공간처럼 보이지 않고 우주적인 공간처럼 느껴진다. 작품을 보는 순간 상상의 발걸음을

한지선 | 길 | 2008년

옮겨 나선형 계단을 올라가고 싶은 충동이 일어난다. 비록 계단을 오르는 일이 힘들고 고통스러울지라도 중도에서 포기하지 않고 최종 목적지인 하늘까지 걸어가겠다는 용기도 생겨난다.

궁금증이 생긴다. 한지선은 왜 사방이 낭떠러지인 대리석 계단을 선택했을까? 타협하지 않고 결연하게 나의 길을 가겠다는 도전정신의 표현일까? 계단을 오르는 행위는 고난과 역경을 극복하겠다는 의미도 담겨 있으니 말이다.

한편 단단한 대리석 계단을 뚫고 자라나는 녹색식물을 가로수처럼 배치한 것은 생명의 신비한 힘을 강조하기 위한 의도로 보인다. 독일의 철학자이자 시인 프리드리히 니체의 『차라투스트라는 이렇게 말했다』를 읽다가 이 작품을 떠올리게 하는 문장을 발견했다.

> 삶은 스스로 기둥과 계단을 만들어 자기 자신을 드높은 곳에 세우려고 한다. 삶은 아득히 먼 곳을 지켜보며 더없는 행복의 아름다움을 동경한다.
> 그러므로 삶에는 높이가 필요하다! 그리고 삶에는 높이가 필요하기 때문에 역설적으로 계단과 이 계단을 올라가는 자들이 필요하다. 삶은 오르기를 원하며 오르면서 자신을 극복하려고 한다.

지금 이 순간에도 마음속의 계단을 묵묵히 오르는 사람들이 있을 것이다. 바로 나 자신의 한계를 뛰어넘는 더 높은 존재가 되기 위해서.

우리 삶의
빛나는 순간들

🐾 조던 매터, 구름처럼 가벼운

사진 조작이나 합성이 아닐까? 숲속 공원의 꽃밭 위에 떠 있는 남자를 찍은 사진은 이런 의문을 갖게 한다.

그러나 사진 속의 남자는 오직 자신의 의지와 힘만으로 공중에 머물러 있는 것이다. 뒤로 공중제비돌기 하는 남자는 미국 파슨스 댄스 컴퍼니의 무용수인 제이슨이다. 미국의 사진작가 조던 매터는 와이어나 트램펄린을 사용하지 않고 뛰어 오르거나 텀블링 하는 무용수의 순간동작을 디지털 보정과정 없이 사진에 담아낸다. 지상에 묶여 있는 인간이 중력의 법칙에서 해방되는 경이로운 순간을 어떻게 사진에 담을 수 있었을까? 작가는 그 비결을 이렇게 말한다.

조던 매터 | 구름처럼 가벼운

무용수들을 촬영하는 것은 어려운 작업이 될 수 있다. 너무 빠르게 움직이는데다 포착하고 싶은 순간은 1000분의 1초밖에 지속되지 않기 때문이다. 나는 제이슨이 두 그루 나무 사이에서 붕 뜬 상태로 마치 뒤집힌 해먹처럼 보이기를 원했다. 거의 불가능한 요구였지만 나는 함께 작업하는 무용수들이 얼마나 뛰어난 재능의 소유자들인지 프로젝트 초기에 이미 깨달은 터였다. 작업에 제약이 되는 것은 나의 부족한 상상력일 뿐이었다. 제이슨은 달려가다가 뒤로 공중제비를 스물아홉 번이나 넘었고 우리는 그 중에서 단 한 번 성공적인 사진을 얻었다. 그 결정적인 한 컷이면 충분했다.

러시아 출신의 전설적인 무용수 바슬라프 니진스키는 중력을 초월하는 자유로운 인간의 전형이다. 그는 〈장미의 정령〉이라는 공연에서 무대를 대각선으로 가로질러 마치 파리처럼 바닥에서 날아올랐고 자신이 원하는 만큼 공중에서 머물렀다가 내려오고 싶을 때 무대로 되돌아오곤 했다. 공중으로 점프한 게 아니라 공중에 '머물렀다!'

이 무용의 신은 "당신의 삶에서 최고의 순간은 언제인가?"라는 질문에 이렇게 대답했다. "춤을 추는 시간입니다. 그보다 더 황홀한 순간은 춤추는 나 자신이 사라지고 오직 춤만이 남는 순간이지요. 나는 그 순간을 위해 최선을 다합니다."

이 사진은 '인간은 왜 중력에 도전하는가?'라는 질문을 던진다. 우리는 자신의 한계를 뛰어넘어 상승하고 싶은 갈망을 충족시키기 위해 도약한다. 단 한 번의 성공적인 도약을 위해 실패에도 좌절하지 않고 수많은 도약을 시도하는 것이다.

나를 바라보는
또 다른 나

ᐜ 이샛별, 실재의 그림자 shadow of the real

그림 속의 인물들이 차렷 자세로 앞을 바라보고 서 있다. 두 여자
는 같은 시간, 같은 공간, 같은 자세를 취하고 있는데다 옷차림도
같다. 한 가지 다른 점은 오른쪽 여자의 얼굴이다. 얼굴이 있어야
할 자리에는 커다란 꽃 한 송이가 대신 차지하고 있다.

이샛별은 두 여자를 복제인간처럼 똑같이 닮게 그렸다. 왜일까?
그리고 오른쪽 여자의 얼굴을 꽃으로 가린 이유는 무엇일까? 진정
한 자아를 잃어버리고 거짓으로 자신을 꾸미며 살아가는 인간의 이
중성을 드러내기 위해서다. 왼쪽 여자는 본연의 나, 오른쪽 여자는
사회적인 가면을 쓰고 있는 나, 즉 '페르소나'다. 페르소나는 연극
무대에서 쓰던 가면을 의미하는 라틴어에서 유래한 용어로 인간이

이샛별 | 실재의 그림자 shadow of the real | 2009년

사회생활을 하면서 특정한 상황이나 목적을 위해 쓰게 되는 인격화된 가면을 말한다.

왼쪽 여자가 자신의 본래 모습을 찾기 위해 내면을 응시하는 나라면 꽃 가면을 쓴 여자는 겉모양에만 관심을 기울이는 가식적이고 위선적인 나의 페르소나다. 새를 연상시키는 어두운 그림자는 겉모습과 내면이 다른 자신을 발견하고 정체성의 혼란을 겪고 있는 마음상태를 뜻한다. 루이제 린저의 수필집 『고독한 당신을 위하여』에는 이런 문장이 나온다.

> 많은 사람들은 자기 자신을 그대로 바라볼 용기가 없는 것 같습니다. 그들은 자신이 아닌 자기 모습을 만들거나 혹은 다른 사람들이 그런 모습을 만들어주기도 합니다. 자기 자신이 아니라 다른 인간의 삶을 사는 것이지요. 결점이 있고 연약하고 확신도 없는 그대로의 나를 바라본다는 것은 정말로 어려운 일이지요.

이샛별은 한 사람이면서 두 사람인 나, 나를 바라보는 또 다른 내가 존재한다는 것을 깨닫는 일이 얼마나 어려운지 그림으로 보여주고 있다.

내가 보는 것이 진짜인가, 가짜인가

<a> 노세환, 신데렐라 구두에 대한 고정관념의 한계

미적 안목이 생기면 어느 순간 신기하게도 미술작품이 하는 말을 귀로 들을 수 있게 된다. 작가가 전달하려는 메시지에 공감하게 된다는 뜻이다. 이 작품에 귀를 기울이게 된 것은 크게 두 가지다.

노세환의 작품은 감각적이고 섹시하며 강렬한데다 질문을 던지기 때문이다. 빨강 하이힐이 녹아내리는 장면을 찍은 이 사진은 호기심과 상상력을 자극한다. 구두는 마치 피를 흘리고 있는 것처럼 보인다. 구두의 주인이 마음의 상처로 고통 받고 있다는 비유일까? 특별한 선물을 원하는 연인들이 구매한다는 초콜렛 구두에 딸기 시럽을 얹은 것일까? 작가에게 창작의 비밀을 물었더니 놀랍게도 빨강 페인트 통에 하이힐을 담갔다가 꺼낸 뒤 물감이 흘러내리는 순간을 촬영한 것이라고 대답한다. 하필 페인트 통에 구두를 담갔다가 꺼내 사진을 찍는가? 묻는데 이렇게 대답한다.

> 대중은 매스미디어가 우리의 의식과 삶을 통제하고 있는데도 비판적 관점 없이 그대로 수용하고 있어요. 왜곡되거나 거짓된 정보도 무조건 믿는 거죠. 내 작품에서 페인트가 녹아내리는 것처럼 보이지만 실은 굳어가는 과정을 촬영한 겁니다. 우리가 보고 있는 것이 실상이 아닌 허상일 수도 있다는 거죠. 이러한 메시지를 저만의 방법으로 전달하고 싶었습니다. 당신이 보고 있는 것이 진짜가 아닐 수 있고, 사실로 믿고 있는 것도 가짜일 수 있다는 그런 진실을 말이죠.

미디어에서 쏟아지는 정보가 얼마나 신빙성이 있는지, 다른 사람의 주장이 타당한지 스스로 판단할 수 있는 힘을 길러야 한다는 메시지를 담은 이 작품은 문화비평가 미쉘 맥루한이『미디어의 이해』에서 말한 예술의 중요성과 맞닿아 있다.

> 전자기 기술은 인간에게 깊이 생각하는 것을 멈추고 철저히 순종하라고 요구한다. (…) 예지력이 뛰어난 예술가는 문화적 기술적 도전이 변형의 충격을 발휘하기 수십 년 전에 그

노세환 | 신데렐라 구두에 대한 고정관념의 한계 | 2014년

메시지를 미리 읽어낸다. 그런 예술가는 눈앞에 다가온 변화의 물결에 대비할 수 있는 모델들, 즉 노아의 방주 같은 것을 만들어낸다.

노세환의 작품은 예술이 미디어라는 거대한 물살에도 살아남을 수 있는 21세기형 노아의 방주라는 것을 깨닫게 해준다.

짝퉁
자유의 여신상

🐾 한성필, 몽고 울란바토르의 자유의 여신상

한성필 작가는 수년 동안 짝퉁 자유의 여신상에 필이 꽂혀 있다. 짝퉁 자유의 여신이 발견되었다는 정보를 접하면 카메라를 메고 세계 어느 곳이라도 달려가 촬영하곤 한다.

이 작품은 몽골 울란바토르의 한 유치원 건물 앞에 서 있는 짝퉁 자유의 여신상을 촬영한 것이다. 미국 뉴욕의 아이콘인 거대한 자유의 여신상을 축소한 모조품이다. 사진을 보는 순간 하필 짝퉁 이미지에 비상한 관심을 가졌는지 이해하게 되었다.

그는 이렇게 묻고 싶었으리라. 드넓은 사막과 초원, 바람의 땅으로 불리는 몽골과 자유와 해방, 아메리칸 드림을 상징하는 자유의 여신상이 대체 무슨 연관이 있다는 말인가? 게다가 짝퉁 조각상 뒤

한성필 | 몽고 울란바토르의 자유의 여신상 | 2012년

한성필
광주 프린스 모텔 꼭대기의 자유의 여신상

쪽에는 몽골 국기와 미국 성조기가 나란히 바람에 휘날리고 있다.

왼쪽 건물 벽면 양쪽에는 몽골의 화폐인 투그릭(Tughrik)과 미국 달러의 문양, 오른쪽 건물 벽면에는 LOVE(사랑)라는 영어 단어가 새겨져 있다. 동양의 작은 나라 몽골 어린이들에게 서양의 거대 국가인 미국식 자유민주주의에 대한 동경심을 심어주겠다는 뜻일까? 세계에서 가장 부유한 나라인 미국식 자본주의 시장경제를 사랑해야 한다는 의미일까? 한성필은 몽골보다 더 황당한 사례는 국내 러브 모텔 위에 서 있는 한국산 자유의 여신상이라고 말한다.

대체 무슨 생각으로 청춘남녀나 불륜 커플이 드나드는 은밀한 장소인 러브 모텔 위에 조잡한 모조품 자유의 여신상을 세워둔 걸까? 윤리도덕에서 해방되고 싶은 욕망? 사랑할 자유를 쟁취하자는 뜻? 러브 모텔이 억압된 욕망의 해방구라는 뜻일까?

이 작품은 현대인들이 싸구려 모조품으로 가득 찬 세상에 살아가고 있음을 일깨워준다. 진품 인생을 살기는 힘들어서 손쉬운 방법으로 저속한 모조품 인생을 선택하는 걸까? 시마다 마사히코의 소설『나는 모조인간』에는 이런 문장이 나온다.

> 인간은 모두 미완성의 모조품이지. 옛날 사람의 패러디를 하면서 살아가는 것 같단 말이야. 나도 그래. 나는 누군가의 패러디다. 소설을 읽거나 영화를 보고, 이상한 사람을 만나서 영향을 받을 것이야. 그런 영향을 받으면서 살아가는 거야. 당연히 시대나 상황이 다르므로 결국 패러디가 되고 말지.

갑자기 헷갈린다. 내 인생은 진품인가 모조품인가. 나는 누구의 패러디인가.

병 속의 남자를
꺼냈는가?

🔊 찰스 레이, 퍼즐 병

코르크 마개가 닫힌 투명한 유리병 속에 한 남자가 들어 있다. 남자의 긴장된 표정과 자세는 그가 얼마나 극심한 두려움과 공포를 느끼고 있는지 말해주고 있다. 병 속의 남자는 이 작품의 창작자인 미국의 찰스 레이다.

찰스 레이는 자신의 몸을 직접 본뜬 작은 마네킹을 제작해 유리병 속에 갇히도록 연출했다. 그가 자신의 모습과 똑같은 마네킹을 만들어 밀봉된 유리병 속에 넣은 것은 다음과 같은 의도에서였다.

먼저 일상의 무게에 짓눌려 질식되어가는 현대인들의 절망적인 심리상태를 말하기 위해서다. 다음 투명한 유리병 속 인간은 다른 사람의 고통마저도 쇼윈도의 마네킹을 바라보듯 구경거리로 삼는

찰스 레이 | 퍼즐 병 | 1995년
© Charles Ray, Courtesy Matthew Marks Gallery

비정한 사회에서 살아가고 있다는 뜻이다.

병 속의 남자가 일상이라는 감옥을 탈출해 자유를 얻을 수 있는 방법은 없을까? 니코스 카잔차키스의 소설 『그리스인 조르바』에는 이런 문장이 나온다.

> "두목, 당신은 자유롭지 않아요. 긴 줄 끝에 묶여 있으니까요. 당신은 그 줄을 잘라버리지 못해요. 당신이 묶인 줄은 다른 사람들의 줄과 다를지 모릅니다. (…) 당신은 줄 사이를 오고가는 것을 자유라고 생각하겠지요. 그러나 당신은 그 줄을 잘라버리지 못해요."
>
> "언젠가는 자를 거요."
>
> "두목 어려워요. 아주 어렵습니다. 그러려면 바보가 되어야 합니다. (…) 인간의 머릿속은 식료품 상점과 같은 거예요. 계속 계산하죠. 얼마를 썼고 얼마를 벌었으니까 이익은 얼마고 손해는 얼마다! 가진 걸 다 걸어볼 생각은 않고 꼭 예비금을 남겨두니까 줄을 자를 수 없지요. 잘라야 인생을 제대로 보게 되는데."

조르바는 욕망이라는 이름의 줄을 자르고 가진 것을 다 걸면 속박에서 벗어나 자유를 누릴 수 있다고 말한다. 그러나 병 속의 남자에게 묻고 싶어진다. 너는 진심으로 또 간절하게 자유를 원하느냐고.

나 자신을
뛰어넘기

🐌 윈슬러 호머, 상어 낚시

19세기 미국화가 윈슬러 호머는 '가장 위대한 해양 화가, 미국 최고의 수채화가'라는 찬사를 받고 있다. 두 젊은 어부가 상어 낚시를 하고 있는 그림이 이를 증명한다. 이 그림에서는 생생한 현장감이 느껴진다. 뱃사람들의 일상을 직접 관찰하고 경험했기에 가능한 일이었다. 호머는 카리브해에 있는 바하마의 낫소에서 살면서 바다를 직접 체험했다. 유화 대신 수채화를 선택한 것도 열대의 강렬한 햇살과 바다 색깔을 생생하고도 신속하게 그리기 위해서였다. 현장에서 빠르게 작업해야 하는 그에게 스케치북과 휴대가 간편한 수채화구는 꼭 필요한 미술도구였다.

물감의 번짐과 스며들기, 투명기법이 만들어낸 놀라운 효과를 보

상어 낚시 | 윈슬러 호머 | 1885년

라! 수채화로 그리지 않았다면 일렁이는 파도, 땀으로 번들거리는 어부의 벌거벗은 윗몸, 상어의 몸체가 바닷물에 투명하게 비치는 긴장된 순간을 저토록 실감나게 표현할 수 있었을까? 겉보기에는 바다 낚시의 짜릿한 순간을 그린 해양화처럼 보이지만 그림의 메시지는 인간승리다. 어부들은 고깃배보다 더 큰 상어를 맨손으로 잡지 않았던가.

인간의 한계에 도전해 자신의 가치를 증명해 보이는 영웅적인 남성상을 젊은 어부들에게 투영한 이 그림은 헤밍웨이의 소설 『노인과 바다』의 늙은 어부 산티아고를 떠올리게 한다. 노인은 오직 혼자 카리브해에서 사흘 동안이나 18피트(5.5미터)의 거대한 청새치와 사투를 벌였지만 결코 굴복하지 않았다.

> 나는 이 물고기에게 사람이 어떤 일을 할 수 있으며 얼마나 견딜 수 있는가를 보여주겠어. (…) 인간은 파멸당할 수는 있을지언정 패배하진 않아. (…) 고통쯤이야 사내에겐 별거 아니지. 난 견딜 수 있어. 아니, 반드시 견뎌내야 해.

늙은 어부는 손이 피투성이가 되도록 상어에게 맞서 싸웠다. 고난과 역경, 생명의 위협에도 굴복하지 않고 존엄성을 잃지 않는 남자가 진짜 사나이라는 것을 스스로에게 증명하기 위해서였다.

위대한
고독

🐌 이길래, 풍경

조각가 이길래의 이름 뒤에는 또 다른 이름이 따라 다닌다. 동 (銅)파이프 작가, 소나무 작가라는.

차디찬 금속과 강인한 생명력을 상징하는 소나무는 어떤 공통점이 있을까? 이 조각품은 놀랍게도 수백 개의 동파이프 고리를 연결해 소나무의 구부러진 형태와 거친 껍질의 촉감마저도 사실적으로 재현한 것이다.

어떻게 만들었을까? 그리고 청동 소나무를 만드는 의도는 무엇일까? 제작 비법을 공개하자면 동파이프를 일정한 간격으로 절단하고 망치로 두드려 크기나 두께가 제각기 다른 수백 개의 타원형 고리를 만든다. 그리고 용접 작업으로 소나무 형상을 조각한다. 동파이프와 소나무를 연결 짓는 최초의 아이디어는 고속도로에서 얻었다.

> "강의 때문에 지방에서 서울을 자주 오갔다. 그때 고속도로에서 동파이프를 적재한 트럭을 보게 되었는데 인공적인 에너지가 응집된 동파이프가 몹시 아름답게 느껴졌다. 당시 생명에 관심을 두고 있었던 내 눈에는 파이프 한 개 한 개가 마치 세포의 단위처럼 보였다."

소나무와 동파이프를 결합시킨 의미는 이렇게 말한다.

> "동의 황색은 적송의 느낌을, 동을 부식시킨 푸른 빛깔은 소나무의 이끼와 같은 효과를 낸다. 가늘고 길게 잘라 붙이면 솔이파리가 되기도 하니 소나무를 표현하는 데 동파이프보다 더 좋은 재료는 없다."

한편 청동 소나무를 만든 의도는 영원히 죽지 않는 소나무를 이 땅에 심겠다는 평소의 바람을 실천하기 위해서라고 한다. 헤르만 헤세의 산문집 『나무들』 중에는 나무를 인간에 비유한 문장이 나온다.

이길래 | 풍경 | 2012년

나는 나무가 크고 작은 숲에 종족을 이루고 사는 것을 숭배
한다. 나무들이 홀로 서 있을 때 더더욱 숭배한다. 그들은 마
치 고독한 사람들과 같다.

시련 때문에 세상을 등진 사람들이 아니라 위대하기에 고독
한 사람들 말이다.

이길래는 위대하기에 고독한 사람을 한 그루의 청동 소나무에 비
유한 것일까? 혹 그 사람은 자기 자신이 아닐까?

예술가의
각오

🖤 쩡판즈, 자화상

작품 가격이 예술성을 검증하는 잣대가 되어버린 시대에 중국 현대작가 중 최고가를 기록하는 쩡판즈가 이런 말을 했다.

> "내 그림 값이 얼마인지는 중요하지 않다. 나는 세속적인 성공을 멀리하고 예술세계에 빠져 스스로 만족하는 삶을 살고 싶다. 나 자신이 상처받지 않기 위해서."

쩡판즈는 홀로 고독 속에 침잠해 치열하게 자신을 탐구히겠다는 각오를 자화상을 통해서도 보여주고 있다.

손에 붓을 들고 우리를 바라보는 남자는 작가인 쩡판즈다. 눈빛

쩡판즈 | 자화상 | 2009년

언어로 강렬한 감정을 표현하고, 붉은 색을 즐겨 사용하고, 인체의 비례가 맞지 않는 등 이 자화상에는 쩡판즈 화풍의 특징이 잘 드러나 있다.

그런데 물감이 묻은 붓에서 난데없는 연기가 피어오르고 있다. 예술은 연기처럼 허무하고 붙잡을 수 없는 것이라는 뜻일까? 아니면 불꽃같은 창작 에너지를 표현한 걸까? 우주와 합일하고 싶은 갈망을 나타낸 걸까? 해석은 감상자의 몫이겠지만 분명하게 느껴지는 것은 초심을 잃지 않겠다는 굳은 각오와 의지다. 일본의 소설가 마루야마 겐지는 산문집 『소설가의 각오』에서 작가정신이란 이런 것이라고 말한다.

> 소설가란 얼마만큼 개인의 입장으로 돌아갈 수 있는가에 의해 승부가 결정된다. 고독을 사랑한다든가 고독에 굴복한다든가 그런 형태가 아니다. 고독 그 자체를 직시하고 그것과 맞붙어 거기에서 튀어나오는 불꽃으로 써나가는 수밖에 없다. 그렇게 강인한 자세를 유지하지 못하면 아직도 무궁무진하게 남아 있는 문학의 광맥을 파낼 수 없다. (…) 고독을 이길 힘이 없다면 문학을 목표로 할 자격이 없다. (…) 가장 위태로운 입장에 서서 불안정한 발밑을 끊임없이 자각하면서 아슬아슬한 선상에서 몸으로 부딪치는 그 반복이 순수문

학을 하는 사람의 자세인 것이다.

예술성보다 부와 명성을 추구하는 미술인들이 늘어나고 있는데도 아직도 종교에 헌신하는 성직자와 같은 예술가를 소망하는 작가들이 존재한다니 이 얼마나 다행스런 일인가.

사과가 익기를
기다려라

ぬ 카미유 피사로, 에라니에서의 사과 따기

농민으로 살아야만 농민의 삶을 이해할 수 있는가? 신인상주의 화가 카미유 피사로는 그렇지 않다고 생각했다. 예술적 감성과 농촌생활에 대한 애정이 있으면 감동적이고 현실감이 느껴지는 농촌화를 얼마든지 그릴 수 있다고 믿었다. 이런 그의 열린 예술관은 '우선 예술가가 되자. 그러면 농부가 되지 않아도 모든 것, 농촌의 풍경까지도 경험할 수 있을 것이다'라는 말에서도 나타난다.

맑은 가을 햇살 아래 농민들이 사과를 수확하는 장면을 그린 풍경화다. 그가 농민의 삶을 얼마나 따뜻한 눈길로 바라보았는지 증명하고 있다. 눈길을 끄는 점은 전통적인 농촌화와 차별화된 피사로 표 화풍으로 풍경과 농부들을 그렸다는 것. 다양한 색깔의 작은

카미유 피사로 | 에라니에서의 사과 따기 | 1888년

색점들을 찍는 점묘기법으로 농촌 생활을 표현했다는 뜻이다.

당시 화가들은 원하는 색을 만들기 위해 팔레트에서 여러 물감을 섞은 다음 화폭에 색칠했다. 그런데 물감은 섞을수록 색이 어둡고 탁해진다. 빛이 아니라 색의 혼합이기 때문이다. 광학과 색채학을 공부한 피사로는 팔레트에서 물감을 섞으면 어둡고 탁해지지만 캔버스에 순수한 색점을 찍으면 색이 보다 선명하고 밝아지는 효과를 얻을 수 있다는 사실을 알게 되었다. 병렬된 색점들이 감상자의 망막에서 섞여 중간색으로 인식되는 착시현상 때문이다.

그는 순수한 색을 얻기 위해 수많은 색점들을 화폭에 모자이크처럼 배치한 것이다. 이 그림에서 주목할 또 한 가지는 피사로가 농민의 삶을 진정성을 갖고 바라보았다는 점이다. 도시민들과 도시 풍경을 즐겨 그리던 동료 인상주의자들과 달리 그는 시골로 내려가 생활하면서 농민들의 일상을 관찰하고 캔버스에 담았다. 그리고 자신이 연구한 점묘기법을 농촌화에 실험했다. 그 결과 가을 햇살처럼 밝고 햇사과처럼 선명한 색깔로 물든 현대적인 농촌풍경화가 탄생한 것이다. 할레드 호세이니의 소설 『연을 쫓는 아이』에서 사과를 비유한 글을 발견했다.

"제가 어렸을 때 나무에 올라가 아직 덜 익은 신 사과를 따먹은 적이 있어요.

배가 불러오고 북처럼 딱딱해졌어요. 엄마는 내가 사과 익기를 그냥 기다리고 있었다면 그토록 아프지 않았을 거라고 말씀하셨어요. 그래서 저는 무언가를 진심으로 원할 때마다 엄마가 사과에 대해 제게 하신 말씀을 기억하려고 노력해요."

그림 속 농민들처럼 땀과 인내로 사과가 익기를 기다렸다가 기쁘게 수확하는 하루가 되길.

인생의
수수께끼

🐌 프리드리히, 인생의 단계

가끔은 철학자가 되어 스스로에게 이런 질문을 던지곤 한다. '우리는 어디서 와서 어디로 가는가?' '나는 누구인가? 어떻게 살 것인가?' 존재의 본질을 묻는 이 질문은 인간에게는 가장 어려운 숙제이기도 하다.

가정이나 학교, 직장, 어느 곳에서도 해답을 가르쳐주지 않는데다 딱히 배울 곳도 없기 때문이다. 19세기 독일 낭만주의 화가 카스파 다비트 프리드리히도 인생의 숙제를 풀지 못했던가. 해답이 없는 질문을 바다 풍경화에 비유해 표현했다.

노을 지는 해변에 다섯 사람이 등장했다. 바다에는 다섯 척의 배가 떠 있다. 다섯 사람은 인생의 시기를 뜻하고 다섯 척의 배는 인

프리드리히 | 인생의 단계 | 1835년경

간을 의미한다. 스웨덴 국기를 차지하려고 다투는 두 아이는 유년기, 아이들 곁에 앉아 있는 젊은 여자는 청년기, 중절모를 쓴 정장 차림의 남자는 중년기, 바다를 바라보고 서 있는 뒷모습의 노인은 노년기를 상징한다. 뒷모습의 노인은 화가 자신이다.

프리드리히는 세상을 떠나는 순간까지 생의 근원에 대한 의문을 풀지 못했던 것 같다. 삶을 마감하기 5년 전에 이 바다 풍경화를 그렸으니 말이다. 인생이라는 바다를 향해 출항하는 저 배들은 무사히 항해를 마치고 목적지에 도착할 수 있을까? 김영하의 소설 『살인자의 기억법』을 읽다가 밑줄을 긋는다.

> '정말 시를 배운 적이 없으세요?' 강사가 물었다. '배워야 하는 겁니까?'
> 내가 반문하자 그는 '아닙니다. 잘못 배우면 오히려 문장을 버립니다'라고 답했다.
> (…)
> '아, 그렇군요. 다행입니다. 하긴 시말고도 인생에는 남에게 배울 수 없는 것들이 몇 가지 더 있지요.'

오직 자기 자신에게서만 배울 수 있는 공부. 그 인생 공부를 하게 만드는 명화가 있다는 것은 얼마나 큰 축복인가.

사색하는
촛불

🕊 정보영, 함께-속해-있다

자연현상에는 존재하지만 보이지 않는 것들을 그리는 예술가들이 있다. 예를 들어 시간의 경과, 공기의 흐름, 빛의 변화, 영혼의 떨림 같은. 정보영은 보이지는 않지만 느낌으로 더욱 확실하게 존재감을 드러내는 것들을 그리는 예술가 중의 한 사람이다.

화면 속에서 여러 개의 양초가 타고 있다. 그런데 양초의 길이, 불꽃의 크기와 방향, 촛농이 흘러내린 형태가 제각기 다르다. 게다가 어둠을 밝히는 용도의 촛불이 아니다. 태양빛 속에서도 스스로 태우기를 멈추지 않는 촛불이다.

작가는 왜 양초가 녹아내리는 과정을 단계별로 그린 것일까? 촛불의 죽음을 빌려 세상에 존재하는 모든 생명체는 시간의 흐름에

정보영 | 함께-속해-있다 | 2013년

의해 소멸된다는 진리를 전달하기 위해서다. 밝은 햇빛 속의 촛불을 그린 것도 영원을 상징하는 자연광과 시간이 지나면 사라지는 인공광을 대비시켜 생명의 유한성을 강조하기 위한 것이다.

모래시계와도 같은 촛불을 그린 이 그림은 프랑스의 철학자 가스통 바슐라르의 명저 『촛불의 미학』에 나오는 문장을 생각나게 한다.

> 하나의 불꽃 속에 세계가 살아 있는 것이 아닌가?
> 불꽃은 하나의 생명을 갖는 것이 아닌가?
> 그것은 어떤 내적 존재의 눈에 보이는 징표이며 숨어 있는 힘의 징표가 아닌가?
> (…) 불꽃은 인간에게 하나의 세계다. 그러므로 불꽃의 몽상가가 불꽃에 대해 말한다면 그는 자신에 대해 말하는 것이고 그는 시인인 것이다. (…) 불꽃은 몽상가의 고독을 비추고 또 사색하는 이마를 빛나게 한다.

예술가의 눈에는 보이는 것들이 보통 사람들의 눈에는 왜 보이지 않는 걸까? 관심을 갖고 보려고 하지 않는데다 그럴 의지도 없기 때문이다.

내 안에 병든 늑대가
걸어 다닌다

๙ 뭉크, 밤의 방랑자

    책 제목, 영화 제목을 짓는 것이 중요한 것처럼 미술에서도 제목 붙이기는 중요하다. 제목은 작품을 감상할 때도, 예술가의 의도나 작품의 메시지를 이해하는 데도 많은 도움을 준다. 제목이 작품 그 자체를 의미하기도 하는데 에드바르트 뭉크의 자화상이 그런 사례에 해당된다.

    그림의 제목은 〈밤의 방랑자〉, 이 멋진 제목은 헨리크 입센의 희곡 〈욘 가브리엔 보르크만〉에서 영감을 받아 붙여진 것이다. 입센이 창조한 남자 주인공 보르크만은 뭉크와는 영혼의 쌍둥이라고 불러도 좋을 만큼 닮았다. 두 사람은 자신들이 스스로 만든 우리에 갇힌 병든 늑대처럼 극도의 불안과 공포, 절망감에 떨면서 방황하고

뭉크 | 밤의 방랑자 | 1923~4년

있으니 말이다.

뭉크가 우리에 갇힌 병든 늑대처럼 공포에 떠는 것은 불행한 가족력 때문이다. 그는 다섯 살 때 결핵으로 어머니를 잃었다. 누이 소피에도 결핵으로, 남동생 안드레아스는 폐렴, 여동생 라우라는 정신병을 앓다가 세상을 떠났다.

뭉크는 세상을 떠날 때까지 자신도 어머니와 형제들처럼 일찍 죽을지도 모른다는 불안과 강박관념에 시달렸다. 이 자화상을 그릴 때도 우울증과 정신질환으로 극심한 고통을 받고 있었다. 그런 그의 심정이 그림에 투영된 것이다.

스톡홀름 현대미술관 큐레이터 이리스 밀러 베스테르만의 『뭉크 전기』에는 보르크만 부인이 남편을 병든 늑대에 비유하는 대사가 나온다.

> 가끔 위층 거실 우리 안에 병든 늑대가 걸어 다니고 있는 것 같은 기분이 들어,
> 내 머리 바로 위에서 말이야. (귀를 기울이며 속삭인다) 들어 봐 엘라. 들어봐.
> 왔다갔다, 왔다갔다, 늑대가 어슬렁거리고 있어.

그림 속의 장면은 희곡의 대사를 미술로 보여주는 것 같다. 한밤

중에도 잠 못 이루고 방 안을 서성이는 고독한 늙은이는 영락없는 병든 늑대가 아닌가.

　뭉크는 방황하는 영혼을 표현하기 위해 색채와 구도를 활용했다. 화가의 두 눈은 검붉은 물감덩어리로 짓이겨져 있고, 백열전구의 불길한 노란빛은 머리카락, 얼굴, 실내복을 물들이고, 어둠은 푸른색이고, 바닥선과 화면 오른쪽 피아노의 직선은 기울어져 있다. 뭉크의 자화상은 새삼 깨닫게 한다. 잘 지은 제목이 예술적 가치를 높인다는 것을.

절대절망의
웃음

《◢》 리하르트 게르스틀, 웃는 자화상

자살을 결심한 사람도 웃을 수 있을까? 깊은 절망 속에 빠져 있을 때 눈물이 아닌 웃음이 나올 수나 있는 걸까? 오스트리아의 화가 리하르트 게르스틀의 자화상은 이런 의문을 갖게 한다.

게르스틀은 1908년 25세로 자살했다. 이 자화상은 자살한 해에 그린 마지막 작품으로 추정되고 있다. 화가는 스스로 목숨을 끊기 전, 작업실에 있는 그림과 자료들을 불태우고 목을 메고 세상을 떠났다고 전해진다. 그의 마지막으로 추정되는 자화상을 보면 화가의 비극적인 최후가 떠오른다. 입은 웃고 있지만 눈에는 왜 슬픔이 가득한지도 이해하게 된다.

그의 자살동기에 대해서는 정확히 밝혀진 것이 없다. 한 사람의

리하르트 게르스틀 | 웃는 자화상 | 1908년

자살은 다양한 이유와 동기를 갖고 있기 때문이다. 그러나 짧은 생을 끝장내려고 했던 몇 가지 이유는 추측할 수 있겠다. 그는 친구인 작곡가 쇤베르크의 아내 마틸데와의 불행한 사랑으로 고통 받고 있었다. 내성적인 성격과 세기말적 불안, 절망, 허무함이 짙게 깔린 비엔나의 분위기도 자살욕구를 자극했으리라.

천재적 극작가로 불리는 독일의 하인리히 폰 클라이스트도 34세에 권총 자살했다. 그는 극단적인 선택을 할 수밖에 없었던 심정을 사촌여동생과 이복누이에게 쓴 편지에 이렇게 털어놓았다.

> 너에게 맹세하건대 더 오래 사는 것은 전혀 불가능해. 내 영혼은 너무 많은 상처를 입어서 창밖을 쳐다보고 있으면 나에게 비치는 한낮의 빛이 나를 고통스럽게 한다고 말하고 싶을 정도야.
>
> (…)
>
> 내 소원은 당장 죽는 것뿐! 이 세상 누구도 나를 도울 수 없다는 것이 진실이야. 나의 유일한 최고의 목표는 하락하는 것이고 이제 나에게 남은 것은 아무것도 없어.

게르스틀의 〈웃는 자화상〉은 답이 없는 질문을 던진다. 삶의 고통이나 존재의 허무함을 감당할 수 없는 사람은 생을 버려도 되는가?

죽기로 결심하는 데 필요한 정신적 강인함과 삶을 견디는 데 요구
되는 정신적 강인함 중 어떤 것이 더 강한가?

죽음을
응시하기

🐌 메이플소프, 지팡이를 든 자화상

미국의 사진작가 로버트 메이플소프가 자신의 모습을 찍은 초상
사진이다. 당시 메이플소프는 에이즈에 걸려 임종을 앞두고 있는
상태였다.

충격적이게도 그는 자신의 죽음마저도 예술의 주제로 삼았다. 살
아 있는 죽음을 카메라에 담기 위해 정교하게 화면을 연출했다. 죽
음의 색깔인 검은 스웨터를 입고 검정색 배경 앞에서 관객을 정면
으로 바라보는 각도를 선택했다. 병색이 짙은 창백한 모습을 부각
시키려고 렌즈 위에 특수필터를 씌우고 촬영했다.

지팡이를 쥐고 있는 오른손에 초점을 맞추어 눈에 띄게 손을 강
조했다. 죽음의 공포라는 주제를 조화, 균형, 비례 등과 같은 고전

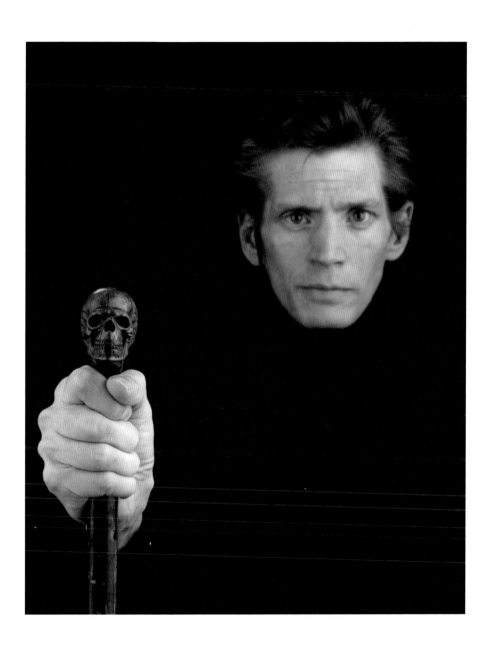

메이플소프 | 지팡이를 든 자화상 | 1988년

적 형식미에 완벽하게 녹여낸 것이다. 죽음을 조형미로 승화시킨 이 작품에서 가장 감동적인 부분은 예술가의 눈빛과 손이다.

그는 눈빛 언어로 죽음이라는 지독한 두려움을 아직은 극복하지 못했다고 고백한다. 그러는 한편 손의 언어로 죽음의 공포를 극복하기 위해서는 죽음을 똑바로 응시하고 죽음도 삶의 일부분이라는 것을 인정하고 받아들이는 태도를 가져야만 한다고 말한다.

그리고 저 지팡이를 자세히 보라. 남근 형태이면서 해골의 형상이다. 섹스가 곧 죽음이라는 의미일까? 아니면 세상과 작별하는 시간에 성과 죽음을 화해시키고 싶은 간절한 바람을 나타낸 걸까? 삶의 의지와 죽음의 수용이라는 상반된 감정과 에로스와 타나토스가 하나임을 눈빛과 손을 빌려 표현한 이 작품은 세계 사진사에 남는 불멸의 사진이 되었다.

안타깝게도 1989년 에이즈로 사망했는데 그의 나이 43세였다. 철학자 몽테뉴는 『수상록』에서 이렇게 말했다.

> 죽음은 단 한 번밖에 겪지 못하기에 괴로울 것이 없다. 그렇게 순간적인 일을 그토록 오랫동안 두려워할 이유가 있는가? 오래 산다는 것과 짧게 산다는 것은 죽어버리면 마찬가지 일이다. 왜냐하면 길다든지 짧다는 것은 이미 존재하지 않기 때문이다. (…) 앞으로 백 년 뒤에 살아 있지 않음을 슬

퍼하는 것은 지금부터 백 년 전에 살아 있지 않았다고 슬퍼하는 것만큼 어리석은 짓이다.

그러나 생명과 죽음의 본질을 통찰하는 철학자가 아닌 보통 사람들에게는 삶과의 작별이 쉽지 않다. 그것이 우리가 메이플소프의 작품에 공감하는 이유가 되는 것이다.

아름다운
마무리

(♨) 게르하르트 리히터, 촛불과 해골

그림의 배경은 어두운 실내, 탁자 위에는 이빨 달린 해골과 불타는 양초가 놓여 있다. 이 정물화는 보통 사람에게는 섬뜩하게 느껴지겠지만 미술인에게는 낯익은 주제다. 전통미술의 주제인 바니타스(vanitas)그림이기 때문이다.

바니타스란 『구약성서』 전도서에 나오는 "헛되고 헛되다 모든 것이 헛되도다"라는 구절에서 유래한 용어로 해골, 촛불, 모래시계, 비눗방울 등 시간의 흐름이나 소멸을 상징하는 사물을 빌려 삶의 유한함과 욕망의 허무함을 전하는 그림을 말한다.

독일의 거장 게르하르트 리히터는 전통적인 바니타스 그림을 자신만의 방식으로 재해석했다. 그것은 마치 오래된 사진첩에서 발견

게르하르트 리히터 | 촛불과 해골 | 1983년

한 흑백사진처럼 흐릿하고 모호한 느낌을 불러일으키는 회화기법을 가리킨다. 초점이 맞지 않은 사진인가 착각하게 만드는 그림의 비결은 다음과 같다. 사진으로 찍은 정물을 캔버스에 다시 붓과 물감으로 옮기는데, 흐릿한 사진과 같은 효과를 내기 위해 엷은 농도의 물감으로 물체의 윤곽선을 분명하게 그리지 않고 부드럽게 스며들게 표현한다. 윤곽 흐리기 효과는 주제와 결합되어 익숙하지만 낯선, 보는 사람의 느낌에 따라서 의미가 달라지는 신비한 현대적인 바니타스 그림이 탄생한 것이다. 법정 스님의 산문집 『아름다운 마무리』에서 이런 글을 읽었다.

> 세상물정 모르는 철없는 소리일지 모르지만 지금 이 순간을 자신의 분수에 맞게 제대로 살고 있다면 노후에 대한 불안 같은 것에 주눅 들지 않을 것이다.
> 모든 살아 있는 것들은 지금 이 순간을 살고 있다. 지금 이 순간은 과거도 미래도 없는 순수한 시간이다. 언제 어디서나 지금 이 순간을 살 수 있어야 한다.

　세월의 덧없음을 탄식하기보다는 지금 이 순간을 살 수 있어 행복하다고 느끼는 것이 아름다운 마무리인 것이다.

비로서 나는
인간이 되었다

٭ 한기창, 혼성의 풍경

삶을 살아가는 동안 육체적, 정신적 고통을 겪을 때 당신은 어떤 반응을 보이는가? 고난과 시련은 삶의 자연스러운 과정이라는 긍정적인 생각을 하는가? 아니면 하필 내게만 이런 불행이 찾아왔을까? 라는 원망이 앞서는가? 한국형 엑스레이 아트 선구자인 한기창은 삶의 역경을 긍정마인드로 극복한 예술가 중 한 사람이다.

한국 전통 민화의 문자도를 현대적으로 재해석한 이 작품의 재료는 특이하게도 엑스레이 필름이다. 병원에서 폐기처분된 환자의 손상된 뼈들이 찍힌 엑스선 필름을 활용해 자연의 생명력을 상징하는 꽃, 식물, 나비 형상으로 재창조했다.

엑스레이 필름이 창작의 도구가 된 계기는 작가가 눈길 교통사고

한기창 | 혼성의 풍경 | 2008년

로 1년 6개월간 투병했던 시련을 겪었기 때문이다. 중환자로 수차례 수술을 받고 병상에 누워 있던 그에게 가장 친근한 이미지는 자신과 다른 환자들의 다친 뼈가 찍힌 엑스레이 필름이었다.

그는 고통과 죽음을 의미하는 엑스레이 필름에 나타난 뼈의 구조와 형태에서 아름다움을 발견했고 그 경이로운 경험을 미술에 융합했다.

그 결과 삶과 죽음, 생성과 소멸, 기쁨과 고통이 하나라는 메시지를 전달하는 힐링 아트가 탄생한 것이다. 그리스 신화 속 영웅인 필록테테스도 고통과 시련에 긍정적으로 반응하여 트라우마를 치유하고 죽음에서 생명으로 나아가는 힘을 얻을 수 있었다. 그는 이렇게 말했다.

나를 옭아맨 고통과 운명의 굴레에 대해 이야기를 하면서 비로소 나 자신을 알게 되었다.

만일 뱀에 물린 상처와 동료들에게 버림받은 불행과 이 섬에서 겪어야 했던 처절한 고독이 없었더라면 나는 마치 짐승처럼 생각도 없고 근심걱정도 없었을 것이다.

(…) 고통이 내 영혼을 휘어잡아 깊은 고뇌에 빠뜨렸을 때 비로소 나는 인간이 되었다.

삶의 고통과 시련으로 육체와 영혼이 비명을 지를 때면 이렇게 스스로를 다독이자. '비로소 나는 인간이 되는 거라고.'

휴식도
예술처럼

🐾 데이비드 호크니, 셀프 포트리트

당신은 휴식을 빈둥거림이라고 여기는가? 오스트리아의 사회학자 헬가 노보트니는 그렇지 않다고 말한다. 휴식은 '온전히 자신만의 시간'이란다. 영국의 화가인 데이비드 호크니도 그런 생각에 공감했던 것 같다. 휴양지로 유명한 프랑스 제라르메르(Gérardmer)에서 휴가를 즐기는 자신의 모습을 찍은 사진에서 그의 마음을 읽을 수 있다. 세계적인 명성을 얻은 스타 예술가는 휴식을 취하는 방식도 남다르다.

평화와 고요의 낙원으로 불리는 제라르메르의 호수를 배경으로 드러누운 남자의 두 발이 보인다. 화가의 발이다. 게다가 그는 빨강, 노란색 짝짝이 양말을 신고 있다. 정체성을 의미하는 얼굴은 감

데이비드 호크니 | 셀프 포트리트 | 1975년

추고 두 발만을 사진에 담은 까닭은 무엇일까? 유명인사라는 사실을 드러내지 않고 온전히 혼자만의 시간을 즐기겠다는 뜻이다. 재밌게도 자신의 존재를 감추면서도 노출시키는 이중전략을 구사하고 있다.

호크니는 평소에도 원색의 짝짝이 양말을 즐겨 신는다. 짝짝이 양말 패션은 그의 강한 개성과 사회관습과 제도에서 자유로운 예술정신을 의미한다. 이 작품은 휴식과 예술에 공통점이 있다는 것을 깨닫게 한다. 둘 다 일상에서의 탈출과 해방감, 진정한 자신과 만나 소통하는 시간을 갖게 하니까. 그래서 영혼의 휴식이 예술감상이라는 말도 생겨났을 것이다. 헨리 데이비드 소로는 수상집 『월든』에서 바쁘게 살아가는 현대인들에게 일을 줄이라고 충고하고 있다.

> 왜 우리들은 이토록 쫓기듯이 인생을 낭비하면서 살아야 하는가?
> 우리는 배가 고프기도 전에 굶어 죽을 각오로 덤비고 있다. 지금 한 번의 바늘을 꿰매지 않으면 나중에 아홉 번의 바늘을 꿰매는 고생을 해야 한다면서 오늘 천 번의 바늘을 꿰매고 있다. 늘상 일 타령을 하면서도 이렇다 할 중요한 일 하나도 하고 있지 않다.
> 단지 근육장애 때문에 마음대로 몸을 가눌 수 없어 마치 춤

추는 것처럼 보이는 무도병(舞蹈病)에 걸려 머리를 가만히 놔둘 수가 없을 뿐이다.

(…) 간소하게 간소하게 살라. 제발 바라건대 여러분의 일을 두 가지나 세 가지로 줄일 것이며 백 가지나 천 가지가 되도록 두지 말라.

백만 대신에 다섯이나 여섯까지만 셀 것이며 계산은 엄지손톱에 할 수 있도록 해라.

휴식과 창작행위를 통합한 호크니의 작품을 보면서 스스로 반성한다. 언제쯤에나 일이 곧 휴식이며 휴식이 곧 일이라고 느껴지는 단계에 도달하게 될까.

나만의 이상향을
그려보기

🐌 원성원, Dreamroom-Michalis

유토피아, 무릉도원, 샹그릴라, 알카디아, 엘도라도, 파라다이스.
모두가 이상향을 가리키는 용어다. 인간이라면 누구나 근심 걱정
없이 행복을 누릴 수 있는 이상향을 꿈꾸며 살아가리라.

원성원 작가는 인간의 내면에 잠재된 이상향에 대한 갈망을 예술
작품에 표현한다. 시원한 계곡물에 발을 담그고 갓 잡아올린 물고
기를 즉석에서 구워 맛있게 먹고 있는 남자. 무더위에 지친 도시민
의 로망인 이 남자는 사이프러스 출신의 독일작가 미할리스다.

그런데 작품 속에 나오는 풍경이 환상적이다. 책과 잡다한 살림
도구를 올려놓은 선반, 낡은 소파의자, 침대, 커튼이 달린 창문, 라
디에이터가 있는 방이 계곡에 있으니 말이다. 인간의 주거공간과

원성원 | Dreamroom-Michalis | 2002년

대자연이 평화롭게 공존하는 꿈의 장소는 대체 어디일까? 원성원의 작가노트를 펼치면 실내에 계곡물이 흐르는 장소와 창작의도를 알게 된다.

독일 유학시절 나는 추위와 싸운 기억이 대부분이다. 내가 살았던 독일의 북부 지역은 1년 내내 추웠다. 여름조차도 2~3주만 반짝 더울 뿐, 나머지는 대체로 서늘했다. 게다가 가로 2미터, 세로 4미터 크기의 작은 기숙사방에서 지냈다. 덕분에 춥고 가난한 예술가들은 자주 공상을 하곤 했다. 절친인 미할리스는 내게 고향의 개울물에서 물고기를 잡아 구워먹던 옛 추억을 자주 얘기해주었다. 자신의 작고 소박한 방에 그리스 신전의 기둥을 가져오고 싶다고도 말했다. 나는 그가 꿈꾸는 것들이 내 작품 속에서 모두 이루어지기를 바랐다. 다른 시간, 다른 장소에서 촬영한 강원도의 여러 계곡과 개울 풍경, 그리스식 기둥을 촬영한 100여 장의 사진을 합성해 꿈과 현실이 통합되는 이상향을 창조했다.

인간이 이상향을 꿈꾸는 것은 삶이 힘들기 때문이라고 한다. 현실이 고달프다고 느껴질 때 나만의 이상향을 마음속에서 그려보며 위안을 얻는 것도 좋으리.

4부

소통, 관계 회복에 대한 욕망

마음속 원숭이를
잠재우고 싶을 때

🐒 수르바란, 레몬, 오렌지, 장미가 있는 정물

영화로도 만들어진 엘리자베스 길버트의 여행 에세이『먹고 기도하고 사랑하라』의 여주인공은 안정된 직장, 맨해튼의 고급 아파트, 번듯한 남편까지 가진 저널리스트이지만 깊은 내면적 방황에 빠진다. 일, 가족, 사랑을 뒤로하고 부서진 영혼을 수선하기 위해 1년간여행을 떠난다. 두 번째 여행지인 인도에서 명상수련을 시작하지만마음 집중이 어렵기만 하다.

대부분의 인간과 마찬가지로 나는 불교에서 원숭이 마음이라고 말하는 무거운 짐을 짊어지고 있다. 내 생각은 많은 가지와 가지 사이를 쉴 새 없이 뛰어다니고 오직 몸을 긁거나

수르바란 | 레몬, 오렌지, 장미가 있는 정물 | 1663년

소리를 지를 때만 멈춘다. 먼 과거에서 미래까지의 시간을
모조리 파헤치고 천방지축 옮겨 다닌다.

— 『먹고 기도하고 사랑하라』 중에서

살다보면 마음속 원숭이로 고통 받을 때가 많다. 극성스런 해방
꾼을 마음속에서 몰아낼 방법을 절실하게 찾게 된다. 그럴 때 17세
기 스페인 화가 프란시스코 데 수르바란의 정물화를 감상하면 원숭
이 떼에 시달리던 마음이 평온한 은신처로 바뀌는 신비를 경험하게
된다.

배경에는 짙은 어둠이 깔려 있고 탁자 위에는 레몬 4개가 담긴 은
쟁반, 오렌지가 담긴 버들가지 바구니, 분홍장미가 놓인 찻잔이 일
직선으로 배치되었다. 엄격한 기하학적 구도와 친숙한 소재들의 조
화로 인해 그림은 정결하고 고요하고 경건한 분위기를 자아낸다.
수르바란은 이 아름다운 정물화를 신에게 봉헌했다.

그는 '수도사의 화가'라는 애칭으로도 불리는데 그림의 주제가
종교적인데다 많은 그림이 수도회를 위해 그려졌기 때문이다. 당시
카톨릭의 종주국인 스페인에서는 신앙심을 깊게 하는 그림들을 요
구했다. 이 그림도 종교적 상징으로 가득하다. 레몬은 부활절과 관
련된 과일, 오렌지 꽃은 순결, 찻물이 채워진 컵은 깨끗함, 분홍장
미는 동정녀 마리아를 상징한다.

수르바란의 정물화는 천연 진정제와도 같은 효과를 발휘한다. 신앙심이 없는 사람도 스스로 침묵의 울타리를 만들고 기도하고 싶은 마음이 든다. 자신이 마음의 진짜 주인이 되었다는 기쁨을 느끼게 한다.

사물의 말에
귀 기울이기

ᴥ 조르조 모란디, 정물

미술작품을 온전히 즐기는 나만의 감상법이 있다. 삶의 에너지가 넘치거나 도전정신을 일깨우고 싶을 때는 지적인 호기심을 자극하는 작품을, 일상에 지치거나 위안이 필요한 때는 명상적인 작품을 감상한다. 이탈리아의 국민화가로 사랑을 받고 있는 조르조 모란디의 정물화는 내면의 세계로 침잠하고 싶을 때 감상하기에 좋은 그림이다.

화가는 자신의 작업실에 있는 다섯 개의 그릇을 화폭에 담았다. 일상에서 흔히 접하는 소박하고 평범한 그릇을 그린 정물화인데도 마치 종교화를 감상하는 듯 고요하고 명상적인 깊이가 느껴진다.

독신이었던 모란디는 생전에 단 한 차례 해외여행을 떠났을 뿐

조르조 모란디 | 정물 | 1946년

평생 작업실에 머물면서 그림을 그린 화가로 유명하다. 실험적이고 혁신적인 미술사조를 경쟁적으로 창안하던 시대분위기에 휩쓸리지 않고 자신만의 화풍을 탐구했다. 이런 내성적이고 은둔적인 화가의 성격과 인생관이 정물화에 반영되었다.

생텍쥐페리의 『어린왕자』에서는 무생물이 생명체처럼 살아 움직이는 신비한 현상이 일어난다.

> 그러자 도르래는 바람이 오랫동안 잠을 자고 있을 때 낡은 풍차가 삐걱이듯 그렇게 삐걱였다. '들리지?' 어린 왕자가 말했다. '우리가 도르래를 잠에서 깨어나게 하니까 우물이 노래를 하잖아.' (…) 내 귀에는 도르래의 노랫소리가 쟁쟁하게 울렸고 아직도 출렁이는 물속에서는 햇살이 일렁이는 게 보였다.

많은 사람들이 모란디의 정물화를 가리켜 사색적이고 시적인 아름다움을 지녔다고 찬미한다. 사소하고 하찮은 사물도 인간처럼 영혼이 있고 심지어 은밀하게 말을 건넨다는 것을 깨닫게 하기 때문이다.

침묵하는
그림

♨ 황선태, 빛이 드리운 방

텅 빈 충만함. 황선태의 작품을 감상하면서 떠올린 느낌이다. 텅 비었음은 방 안에 감도는 침묵을, 충만함은 창문을 통해 실내로 스며드는 환한 빛의 효과를 말한 것이다. 오직 초록색 선만을 사용해 실내공간의 탁자, 의자, 화분, 전등, 블라인드를 간단하고도 단순한 방식으로 그린 것처럼 보이는데 왜 신비하게 느껴지는 걸까?

평범한 일상의 공간을 신비와 매혹의 공간으로 바꾸는 비결이 무엇인지 물었을 때, 그는 강화유리에 샌딩 기법(유리에 글이나 그림을 새기는 기법)으로 그린 유리 그림이라고 대답한다. 샌딩 작업한 유리 위에 또 한 장의 유리를 겹친 의미는 두 가지다.

라이트 박스의 조명을 켜면 유리에 빛이 반사되어 은은하게 퍼지

황선태 | 빛이 드리운 방 | 2013년

는 효과가 나타난다. 다음은 2차원 평면에 3차원적 입체감과 공간감이 생겨난다. 캔버스는 유리, 물감은 빛인 독특한 작품을 창작한 의도는 이렇게 말한다.

"내 평면 작업 속의 모든 사물들은 희미하다. 그리고 사물들의 세부적 성격은 생략되어 있다. 그림 속의 사물들은 침묵 속에서 자신의 존재감을 더 분명히 드러낸다."

그의 생각은 막스 피카르트의 『침묵의 세계』에 나오는 문장과도 맞닿아 있다.

침묵은 결코 수동적인 것이 아니고 단순하게 말하지 않은 것이 아니며, 침묵은 능동적인 것이고 독자적인 완전한 세계다. (…) 침묵은 자기 자신 안에 모든 것을 가지고 있다. 따라서 침묵은 아무것도 기대하지 않는다. 그것은 언제나 완전하게 현존하며 자신이 나타나는 공간을 언제나 완벽하게 가득 채운다. (…) 사물의 존재성은 침묵 속에서 더욱 강렬해진다.

황선태의 작품은 복잡하고 정교한 아름다움보다 단순미와 절제미가 영혼을 더 풍요롭게 한다는 것을 느끼게 한다. 자세한 설명보다 침묵이 필요한 이유다.

희망이라는
식물

🐌 박상미, seat

개인적으로 "예술은 삶을 예술보다 더 흥미롭게 한다"라는 글귀를 좋아한다. 예술이 평범한 일상을 특별하고 소중하게 만드는 힘을 가졌다고 믿기 때문이다. 하찮고 시시한 것들을 가슴 두근거리는 존재로 변신시키는 예술의 마법은 박상미의 그림에서도 확인할 수 있다.

탁자 위에 정물이 놓여 있다. 이런 것들은 늘 거기에 있기에 관심조차 기울이지 않는 소박한 사물들이다. 박상미는 평범하다는 이유만으로 무시당하는 것들을 특별한 존재로 다시 태어나게 했다. 탁자, 찻주전자, 꽃병, 화분, 심지어 버려진 공간으로 취급당하는 바닥이나 벽면의 모서리도 한국화의 전통재료인 분채를 올려 화려하

박상미 | seat | 2008년

게 장식했다.

왜 사소하고 평범한 것들을 보석처럼 눈부신 존재로 거듭나게 한 걸까? 평범한 일상의 공간도 소통과 치유의 공간이 될 수 있다고 말하기 위해서다. 찻주전자의 주둥이를 살펴보라. 찻물을 우려낸 찌꺼기에서 초록빛 식물이 싱싱하게 자라고 있지 않은가. 비좁은 주둥이를 뚫고 뻗어 나오는 식물은 강인한 생명력을 상징한다. 절망적인 현실 속에서도 희망이라는 아름다운 식물을 키우자는 뜻이다. 요시모토 바나나의 소설 『키친』에 다음과 같은 구절이 나온다.

나도 혼자서 유이치를 기르면서 깨닫게 되었지. 힘들고 괴로운 일도 아주 아주 많았어. 정말 홀로서기를 하고 싶은 사람은 뭘 기르는 게 좋아. 아이라든가, 화분이라든가, 그러면 자신의 한계를 알 수 있게 되거든. 거기서부터 다시 시작하는 거야.

박상미가 식물을 기르고 식물이 주인공인 정물화를 그리는 이유를 알려준 셈이다. 그녀는 삶의 무게를 감당할 수 있는 성숙한 인간이 되는 길을 식물에서 배우고 있는 것이다.

너만의 꿈의 목록을
작성하라

🐾 서안 안에서 향유를 즐기다. 남경민

"나의 꿈은 무엇일까?" "아직도 꿈이라는 것을 가슴에 품고 살아가고 있는 걸까?" 〈화가의 방〉 연작으로 알려진 남경민의 그림 앞에서 스스로에게 이런 질문을 던졌다. 꿈꿀 권리를 잃고 살아가는 보통사람들과는 달리 그녀는 꿈의 목록을 작품으로 보여주고 있지 않은가.

그림 속 실내는 조선시대 선비들이 책을 읽거나 글을 쓰던 문방(文房)이다. 문방은 선비가 사람들을 만나는 곳, 정치 · 경제 · 문화 · 예술의 교류의 장, 유교적 지조와 의리 · 검소와 청빈의 정신이 깃든 공간이기도 했다. 화면 가운데 목가구는 선비들이 사용하던 책상인 서안(書案)이며, 그 위에는 문방사우(붓 · 먹 · 종이 · 벼루)와

문갑, 다기(茶器)가 놓여 있다.

남경민이 작성한 꿈의 목록과 문방의 물건들은 어떤 관련이 있을까? 단아하고 격조 높은 전통공예품 속에 깃든 선비정신, 인격완성을 위해 학문과 덕성을 키우고 의리를 신념으로 지켜내던 옛 선비들의 정신세계와 교감하고 싶다는 뜻이다. 날아다니는 나비는 부활과 재생의 꿈을, 병 속에 갇힌 날개는 자유와 해방에 대한 갈망을, 꺼진 촛불은 매 순간의 삶에 충실하고 싶은 바람을 표현한 것이다.

127개의 꿈의 목록 중에서 111개의 꿈을 실천한 것으로 유명해진 탐험가 존 고다드는 꿈의 목록을 기록하는 행위가 꼭 필요한 이유를 이렇게 말했다.

> 꿈을 이루는 가장 좋은 방법은 목표를 세우고, 그 꿈을 향해 모든 에너지를 집중하는 것이다. 그렇게 하면 단지 희망사항이었던 것이 꿈의 목록으로 바뀌고, 다시 그것이 해야만 하는 일의 목록으로 바뀌고, 마침내 성취된 목록으로 바뀐다.

남경민의 꿈도 언젠가는 이루어지리라. 선비정신을 되살리고, 아름다운 나비처럼 변신하고, 이상의 세계를 향해 비상하고, 열정적인 예술가로 살고 싶은 꿈의 목록을 그림으로 충실히 작성하고 있으니까.

남경민 | 서안 안에서 향유를 즐기다 | 2014년

덧없이 사라지기에
아름다운 것들

🎵 휘슬러, 회색과 녹색의 조화

'어떤 그림을 가장 좋아하세요?'라는 질문을 자주 듣는다. 이른바 미적 취향을 묻는 것인데 선뜻 대답하기가 망설여진다. 감정, 건강 상태, 날씨, 시간, 장소에 따라서 좋아하는 그림의 순위가 바뀌기 때문이다. 요즘에는 19세기 미국화가 제임스 애버트 맥닐 휘슬러의 그림에 마음이 끌린다.

영국 런던의 재력가, 미술수집가인 알렉산더의 딸 시슬리가 모델인 이 초상화를 내 마음의 그림으로 선정한 것에는 이유가 있다. 아름답지만 덧없는 것들을 영원한 미로 승화시켰기 때문이다. 눈 밝은 사람이라면 그림에서 너무도 빨리 사라지기에 더욱 아름다운 세 가지를 발견하게 되리라. 세 가지는 소녀, 나비, 꽃을 가리킨다.

휘슬러 | 회색과 녹색의 조화 | 1872~4년

휘슬러는 왜 아름답지만 덧없는 것들을 초상화에 그렸던 걸까? 그림의 배경에 보이는 나비 문양의 서명이 답을 말해준다. 휘슬러는 나비의 삶을 동경한 나머지 나비 사랑을 독특한 서명으로 증명한 화가로도 유명하다. '하필 나비였을까?'라는 의문은 독일의 소설가 헤르만 헤세의 산문집 『나비』를 읽으면 풀리게 된다.

> 나비의 색과 형태가 갖는 화려함이나 다양성은 빨리 시드는 꽃처럼 파손되기 쉽고 덧없는 것이지만 꽃처럼 한 곳에 뿌리박고 있는 것이 아니라 대지와 창공 사이를 가볍게 상승, 하강하기 때문에 예로부터 나비는 예술가들의 상상력과 창조적 영감을 자극했다.
> 시인들은 나비를 '날개 달린 꽃'이라고 불렀다.

이 그림에 매혹당한 것은 세상에 영원한 것은 없으며 가장 덧없는 것이 가장 아름답다는 삶의 진리를 전하기 때문이다. 한정된 색채(회색, 녹색, 흰색)와 기하학적 구도(수직, 수평)의 황홀한 조화를 통해서 말이다.

시간의 점
a spot of time

🐚 송영숙, Instant Meditation

풍경의 배경은 중국의 세계적인 관광명소인 해남도(하이난). 열대 바람에 살짝 기울어진 야자수 나무와 청록색 바다의 수직, 수평 구도의 조화가 꿈꾸듯 아름답게 느껴진다.

그런데 이 서정적인 작품이 사진이란다. 정말일까? 현미경적 시각으로 살펴보았지만 영락없는 한 폭의 풍경화로만 보인다. 파스텔 톤의 색감, 스케치 풍의 자유롭고 강렬한 붓질, 덧칠한 흔적이 선명하게 드러나 있지 않은가. 송영숙 작가에게 그림 같은 사진의 비결을 묻자 이제는 더 이상 생산되지 않은 폴라로이드 카메라 SX-70으로 작업한 것이라고 말한다.

현상 과정에서 신속하게 필름 유제를 문지르고 긁어내는 기법으

송영숙 | Instant Meditation | 2014년

로 회화적 효과를 냈다는 것. 재인화도, 복사도 할 수 없는 즉석카메라로 풍경을 찍고 현상 과정의 불과 수초 만에 손 그림을 그리는 작업방식은 엄청난 집중력과 순발력이 요구된다.

그러나 그녀가 어렵고 예측 불가능한 폴라로이드 카메라 SX-70으로 작업한 의미를 알 것 같다. 즉석사진이 갖는 기록성에 회화적 감수성과 순간성을 결합해 세상에서 단 한 장뿐인 그림 같은 사진을 만들기 위해서다.

알랭 드 보통은 에세이 『여행의 기술』에서 '시간의 점(a spot of time)'이라는 시적인 단어를 소개했다. '시간의 점'은 시인 윌리엄 워즈워스의 창작품이다. 시인은 자연 속에서 경험한 작지만 소중한 순간들, 해방과 자유의 순간들을 '시간의 점'이라고 불렀다.

우리의 삶에는 시간의 점이 있다. 이 선명하게 두드러지는 점에는 재생의 힘이 있어, 이 힘으로 우리를 파고들어 우리가 높이 있을 땐 더 높이 오를 수 있게 하며 떨어졌을 때는 다시 일으켜 세운다.

송영숙의 사진이 아름답게 느껴지는 것은 자연 속에서 경험한 '시간의 점'을 작품에 담았기 때문이리라.

구름의
예술가

🔺 강운, 공기와 꿈

    어른이 되어 동심을 잃으면 영혼을 풍요롭게 하는 것들과 멀어지게 된다. 예를 들어 고개를 들어 하늘의 구름을 바라보고, 구름 모양에 대해 이야기하고, 상상의 날개를 펼치거나 감탄하는 것들이 무의미해진다. 핑계는 여러 가지다. 일상생활에 바빠서, 쑥스러워서, 유치해서, 흥미를 잃어서 등. 그런 보통 사람들과 달리 20여 년 동안 하루도 빠짐없이 변화무쌍한 구름 모양을 관찰하고 그에 따른 감동과 경험, 성찰을 미술로 표현한 작가가 있다. 바로 구름의 화가로 불리는 강운이다.

    이 그림은 언뜻 보면 캔버스에 하늘을 그대로 옮긴 것 같다. 그러나 구름 화가의 20년 내공과 열정이 고스란히 담긴 창작물이다. 자연에서 채취한 천연염료로 물들인 한지를 캔버스에 붙여 배경의 하늘을 만들고 그 위에 마름모꼴의 한지를 붙여나가는 강운표만의 기법으로 다양한 구름모양, 공기의 흐름, 바람결, 자연의 에너지까지도 생생하게 재현했다.

그가 하필 하늘의 구름을 그림의 주제로 선택한 까닭이 있다. 그는 구름을 사랑할 수밖에 없는 수명을 타고 났다. 그의 이름이 운(雲)이라는 것을 기억하라. 그리고 대자연이 하늘 캔버스에 그리는 그림(구름)은 창작의 영감을 자극하는데다 명상과 자아발견, 깨달음을 얻는데도 많은 도움을 주기 때문이다. 강운만큼이나 구름을 사랑했던 샤를 피에르 보들레르는 산문시집 『파리의 우울―이방인』에서 구름을 이렇게 찬미했다.

> 수수께끼 같은 친구여. 말해다오. 그대는 누구를 사랑하느냐?
>
> 아버지? 어머니? 누이나 형제인가? 나에겐 아버지도, 어머니도, 누이도, 형제도 없다네.
>
> 친구들은? 당신은 오늘날까지 내가 이해하지도 못하는 말을 하고 있구려.
>
> 조국은? 그게 어느 위도 아래 위치하는지도 모르오.
>
> 미인은? 불멸의 여신이라면 기꺼이 사랑하겠소만.

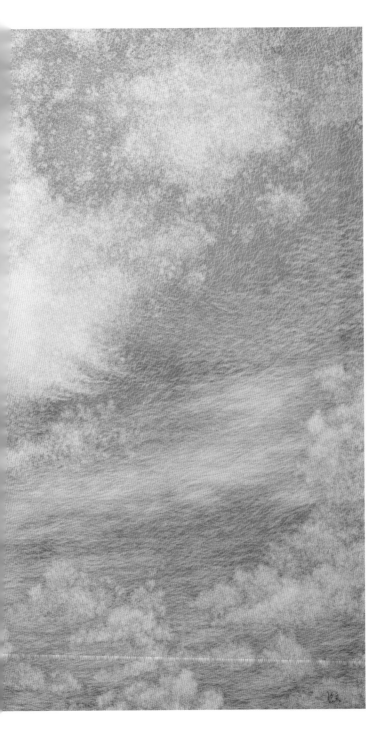

강운 | 공기와 꿈 | 2014년

돈은 어떤가? 당신이 신을 싫어하듯, 나는 그것을 싫어하오.
그렇군! 그렇다면 그대는 무엇을 사랑하는가? 낯선 이방인
이여?

나는 구름을 사랑하오…… 흘러가는 구름을…… 저기……
저 신기한 구름을

구름을 노래한 예술작품은 '하늘의 구름을 바라본 적이 언제인
가?'라고 묻고 있다. 지금 이 순간이 하늘을 올려다보는 가장 좋은
때라고 대답하리.

빛을 발하는
나무

🐌 이정록, 생명나무#5-4-7

저녁 노을이 하늘과 바다를 꿈의 색깔로 물들이는 시각, 제주도 표선면 해비치 앞바다에 우뚝 선 한 그루의 나무가 신비한 빛을 내뿜는다.

사진 속의 나무는 영화 〈아바타〉에 나오는 판도라 행성에 사는 나비족과 교감하는 영혼의 나무를 떠올리게 한다. 사진의 극적인 효과는 어떻게 찍었을까, 라는 궁금증을 불러일으킨다. 대답을 얻기 위해 작가노트와 창작과정을 찍은 동영상을 살펴봤다.

"마른 나무 가지가 품고 있는 생명력을 어떻게 표현할까 고심하다가 자연광, 플래시, 서치라이트 세 종류의 빛을 사용

이정록 | 생명나무#5-4-7 | 2013년

하게 되었다. 생명나무의 빛은 나무의 겉모습이 아니라 존재의 아우라(독특한 기운)를 드러내기 위한 빛이다. 그래서 나는 그 빛이 요란하기보다는 오묘하길 바랐다."

동영상에는 바람이 많고 변덕스러운 제주의 날씨에도 바다에 나무를 직접 설치하고 짧게는 일주일 길게는 몇 주일에 걸쳐 갖은 고생을 감수하면서 사진을 찍는 과정이 담겨 있었다.

디지털 보정한 작품으로 착각하는 사람들에게는 어떠한 수정도 가하지 않은 진짜 사진이라는 점을 증명해준 셈이다. 아울러 작가는 사진을 찍을 장소와 시간만 선택할 뿐 예술작품을 창조하는 진정한 주체는 자연의 빛과 인공의 빛이 만나는 극적인 순간이라는 점도 확인시켜주었다.

평생에 걸쳐 빛을 탐구했던 시인 괴테는 세상을 떠나기 직전에 "좀 더 많은 빛이 들어오도록 두 번째 창의 덧문을 열게, 너무 어둡구나"라는 유언을 남겼다고 전해진다. 시인에게 빛은 곧 생명이었기 때문이다. 죽은 나무에 생명의 빛을 선물한 작품이 탄생한 의미를 알 것 같다. 스스로 빛을 내뿜는 삶을 살라는 뜻이다.

친구보다 편안하고,
연인보다 사랑스러운

🐾 앤드루 와이어스, master bedroom

누군가 개를 사랑할 수밖에 없는 이유에 대해 묻는다면 미국의
국민화가로 불리는 앤드루 와이어스의 그림을 보여주리라.

그림의 배경은 소박한 농가의 침실이다. 개 한 마리가 주인의 침
대에 올라가 베개에 얼굴을 파묻고 잠들어 있다. 이런 버릇없는 강
아지! 자신의 서열이 가족 중에서 제일 높은 줄 착각하고 있네. 웃
음 짓다가도 마음 한 구석이 서늘해진다. 홀로 빈 방에 남겨진 외로
운 개에게서 상처받은, 소통하고 싶은, 사랑을 갈구하는 우리의 모
습을 읽을 수 있기 때문이다.

화가는 붓과 물감만으로 상실과 소외, 고요와 정적, 심지어 빛을
향한 갈망까지도 그림에 표현했다. 이 그림에는 와이어스 화풍의

앤드루 와이어스 | master bedroom | 1965년

특징이 잘 나타나 있다. 그것은 독특한 미술재료와 절제된 색채, 단순한 구성과의 조화를 말한다. 물감은 유화물감보다는 수채나 템페라를, 색채는 갈색조를 사용했다.

사물의 형태는 단순하게, 동일한 형태(그림 속의 벽면, 창문, 침대는 모두 사각형이다)를 반복해 그렸다. 사진처럼 사실적이고 정교한 묘사력과 섬세한 감수성을 결합했다. 그 결과 대상의 성격과 체취, 영혼까지도 그렸다는 찬사를 받는 와이어스만의 화풍이 태어난 것이다. 와이어스의 그림에는 개가 자주 등장하는데 이 개는 실재하는 개이면서 의인화된 개이기도 하다. 분명하게 알 수 있는 것은 그가 애견가였다는 것.

개를 사랑하지 않았다면 개가 주인의 체취를 그리워한다는 것을 어떻게 알았겠는가? 또한 개에게 햇빛이 잘 드는 침대에서 잠잘 수 있는 특권을 허락하지도 않았을 것이다. 피에르 슐츠의 『개가 주는 위안』을 읽다가 가슴이 뭉클해지는 부분을 발견했다.

> 개는 사람보다 더한 충성심을 가지고 있고, 사랑에도 변함이 없다.
> 야망도 없고, 욕심도 없고, 복수심도 없다. 혹시나 주인의 마음에 들지 않을까 하는 걱정 외에는 두려움도 전혀 없다.
> 개는 너무나 열성적이고, 헌신적이고 완전히 복종한다.

심하게 모욕당한 일보다는 좋았던 일을 더 잘 기억하기 때문에, 학대를 당해도 묵묵히 참아내고 잊어버린다. 그렇지 않은 경우라면 더욱 더 사랑받기 위해서만 기억한다.

화를 내거나 달아나기는커녕 또 다시 시련을 당할 줄 알면서도 스스로 주인에게 다가간다. 방금 자기를 때린 그 손을, 자기를 고통스럽게 했던 도구인 그 손을 핥아주고, 신음소리밖에 내지 않는다. 개의 인내심과 순종하는 자세 때문에 마침내 주인은 화를 거두게 된다.

개를 사랑하는 사람은 물론 좋아하지 않는 사람들도 이 그림을 보면 느끼게 되리라. 개는 인간에게 가장 구체적이고 따뜻한 위안의 대상이라는 것을.

우정에
대하여

✿ 프란시스코 데 고야, 부상당한 미장이

건물 신축 공사장에서 인부 한 명이 비계에서 떨어져 큰 부상을 입었다. 함께 작업하던 인부 두 명이 사고를 당한 미장이를 급히 병원으로 옮기는 중이다.

두 남자의 눈빛에서 동료의 불행을 나의 일처럼 걱정하고 동정하는 마음을 읽을 수 있다. 18세기 스페인의 거장 프란시스코 데 고야가 그린 이 그림의 주제는 건설 현장 노동자의 인권보호이지만 숨겨진 의미는 동지애다.

고야가 사나이의 뜨거운 우정을 실감나게 그릴 수 있었던 것은 가족보다 더 사랑한 친구 마르틴 사파테르가 있었기 때문이다. 사라고사 수도회 학교 친구인 두 사람은 마르틴이 세상을 떠날 때까

프란시스코 데 고야 | 부상당한 미장이 | 1786~7년

지 26년 동안이나 편지를 주고받았을 정도로 각별한 사이였다.

고야는 마르틴에게 가족관계, 경제적 상황, 왕족이나 귀족들과의 갈등, 취미생활, 창작에 따른 희열과 고통, 은밀한 연애담 등 속내를 모두 드러내는 편지를 정기적으로 보내곤 했다. 오죽하면 고야가 사파테르에게 보낸 편지가 남아 있지 않았다면 고야의 전기(傳記)를 쓰는 일은 불가능했을 거라는 주장까지 나왔을까? 고야가 1794년과 1797년 마르틴에게 보낸 두 통의 편지는 두 남자의 우정이 얼마나 깊은지 말해주고 있다.

> "내가 귀만 먹지 않았다면 밤 9시인 지금 이 순간 자네의 침실에 커튼을 달아주러 달려갔을 걸세. 그리고 다음날 돌아왔을 테지. 근사하지 않은가?
> 내가 자네를 만나는 것보다 더 좋은 일은 없네.
>
> — 자넬 세상에서 가장 사랑하는 사람이.

> "내 앞에 있는 자네의 초상화를 보고 있노라면 자네와 함께 있다는 달콤한 감정에 젖어든다네. 아 사랑하는 영혼이여! 그 어떤 우정도 내가 지금 경험하는 이런 상태에는 이르지 못할 것이네."

40대 중반에 중병을 앓고 청력을 잃은 귀머거리 화가에게 절친한 친구와 편지로 대화를 나누는 일보다 중요한 것은 없었던 것이다. 영국의 철학자 프란시스 베이컨은 『수상록』에서 우정의 의미를 이렇게 말했다.

> 우정의 효용가치를 알고 싶으면 세상에서 자기 혼자서 할 수 없는 일이 얼마나 많은지 헤아려보라. 그러면 '친구는 또한 사람의 자기 자신이다'라는 옛사람들의 말이 오히려 인색한 표현이었다고 깨닫게 될 것이다. 왜냐하면 친구는 자기자신 이상의 존재이기 때문이다.

고대 로마에서는 친구를 '근심 걱정을 함께 나누는 자'라고 불렀다고 한다. 고야는 그것을 그림으로 보여주었다.

진짜 책벌레
되는 법

🐛 카를 슈비츠베크, 책벌레

그림의 배경은 어두운 도서관 실내, 흰 머리의 늙은 남자가 사다리에 올라선 채 열심히 책을 읽고 있다.

늙은 남자는 한평생 오직 책만 읽으면서 살아온 책벌레다. 19세기 독일화가 카를 슈피츠베크는 노인이 지독한 책벌레라는 정보를 기발한 방식으로 알려주고 있다. 먼저 책들로 가득 찬 책장 앞에 세워진 사다리가 눈길을 끈다.

남자가 책이라는 거대한 산을 정복하려는 의지에 불타고 있다는 뜻이다. 다음, 그는 왼손으로 책을 펼치고, 오른손에는 책을 들고, 왼팔과 옆구리, 두 무릎 사이에 책을 낀 상태로 책 속에 얼굴을 파묻고 있다. 독서를 즐기기보다는 지식만을 탐하는 사람이라는 의미다.

카를 슈비츠베크 | 책벌레 | 1850년경

끝으로 책장 왼쪽 위에 '형이상학(metaphysics)'이라는 글자가 적힌 장식판이 보이는데 이는 그가 물질세계 너머 본질을 연구하는 학자라는 것을 암시한다. 슈피츠베크는 진리를 탐구하는 학자에게 찬사를 보내려는 의도로 이 그림을 그리지 않았다. 그와는 반대로 현실과 담을 쌓고 지식만 얻으려는 구세대 지식인들을 비꼬기 위해 이 풍자화를 그렸다.

그 증거로 현실세계를 상징하는 한줄기 빛이 어두운 도서관 실내로 스며들고 있다. 규칙과 이론에 사로잡혀 변화를 거부하고 오직 책이라는 렌즈를 통해서만 세상을 바라보는 사람이 되어서는 안 된다는 메시지를 환한 빛을 빌려 전하고 있는 것이다. 쇼펜하우어는 『수상록』에서 책만 탐하는 책벌레들을 이렇게 꾸짖는다.

> 오랫동안 용수철에 무거운 짐을 매달아 놓으면 탄력성이 없어지는 것과 마찬가지로 무턱대고 아무것이나 닥치는 대로 읽는 것은 자신의 사상을 갖지 못하게 하는 방법이라고 말할 수 있다. 하루 종일 다독(多讀)으로 보내는 부지런한 사람은 점차 생각하는 능력을 잃어버리게 된다. 마치 늘 말을 타고 다니는 사람이 나중에는 걷는 것을 잊어버리는 것과 같은 것이다. (…) 그들은 책을 많이 읽은 결과 바보가 된 인간이다.

(…) 왜냐하면 틈만 있으면 언제나 책을 보는 생활을 계속하면 정신은 마비되기 때문이다. 그러므로 숙고를 거듭하고 읽는 것이야말로 참으로 독자의 것이 되는 것이다.

화가와 철학자는 도서관의 책만 읽지 말고 자연이라는 책, 인간이라는 책도 함께 읽어야만 진짜 책벌레가 될 수 있다고 한 목소리로 말하고 있는 것이다.

세상과
거리 두기

🐋 윌 바넷, 책 읽는 여자

가끔은 인터넷도 끄고 휴대폰도 끄고 스스로 고립되고 싶어진다. 자신만의 은신처에서 남을 위해 사용하던 시간을 온전히 나 자신만을 위해 쓰고 싶어진다. 세상과 거리를 두는 가장 좋은 방법은 책 읽기다.

독서는 번잡한 일상의 소음을 차단해주는 방음벽 역할을 한다. 침묵의 공간에서 깊게 생각하고 고단한 뇌를 쉬게 하는 명상의 시간을 갖게 해준다. 이 그림 속의 여자도 명상적 독서를 실천하는 중이다. 애완용 고양이에게만 자신의 영역을 침범할 수 있는 권한을 주었을 뿐, 혼자 침대에 누워 독서에 몰입하는 자유를 누리고 있으니 말이다.

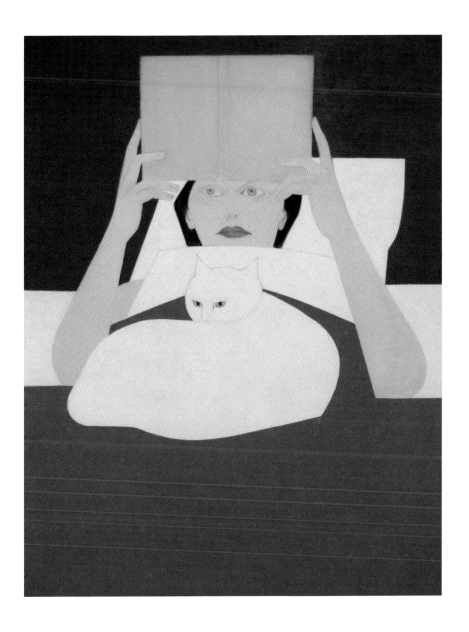

월 바넷 | 책 읽는 여자 | 1965년

'책 읽는 여자'는 수백 년 동안 예술가들에게 매력적인 주제였다. 여성의 은밀한 일상과 사적인 공간을 엿볼 수 있는 소중한 기회를 제공하기 때문이다. 다시 말해 관음증을 충족시키려는 욕구가 '책 읽는 여자'라는 이색적인 주제를 개발한 동기였다는 뜻이다.

뉴잉글랜드 출신의 윌 바넷은 전통적인 주제를 수직과 수평의 기하학적 구도, 단순화된 형태, 강렬한 색상대비 등 그래픽적인 요소와 결합해 21세기형 '책 읽는 여자'를 창조했다.

그림 속 독서하는 여자를 보고 있노라면 디지털 시대 종이책의 미래는 비관적이라는 주장이 틀릴 수도 있다는 생각이 든다. 오히려 영원할 거라는 확신이 생긴다. 역사학자인 로버트 단턴은 종이책의 장점이 무궁무진하다고 말한다.

> 책은 정보를 제공하고 쉽게 넘겨보고 편하게 누워서 읽어도 좋고 보관하기도 쉬우며 쉽게 망가지지도 않는 정말 놀라운 도구라는 것이 증명되었다.
> 업그레이드나 다운로드 받을 필요도, 부팅이나 암호를 입력할 필요도 없다. 전원을 연결하거나 웹에서 가져올 필요도 없다. 겉모습은 눈을 즐겁게 하고 손에 쥐기 편한 형태 또한 기쁨을 준다.

그의 종이책 예찬에 한 가지를 덧붙이고 싶다. 책은 명상의 도구로도 활용될 수 있다.

어머니 품 안은
지상의 낙원

✿ 메리 카사트, 아기의 첫손길

정신분석학의 창시자 지그문트 프로이트에 따르면 인간은 아무런 자극이나 욕망이 없는 상태에서 마음의 충만, 행복, 평안을 얻는다. 그리고 그런 순수한 희열과 쾌감은 오직 유아기에 어머니의 품 안에서만 가능하다. 미국 출신의 인상주의 여성화가 메리 카사트의 그림은 어머니의 품 안이 지상낙원이라는 프로이트의 쾌락원칙이론에 공감하게 만든다.

카사트는 당시 미술계에서는 찾아보기 어려운 모성애가 주제인 그림을 그린 화가로 유명하다. 흥미로운 점은 그 이유가 가부장적인 미술계의 성차별 때문이었다는 것. 그 시절 인상주의 남성화가들은 도시민들이 도시의 카페, 술집, 카바레, 교외 등에서 유흥과

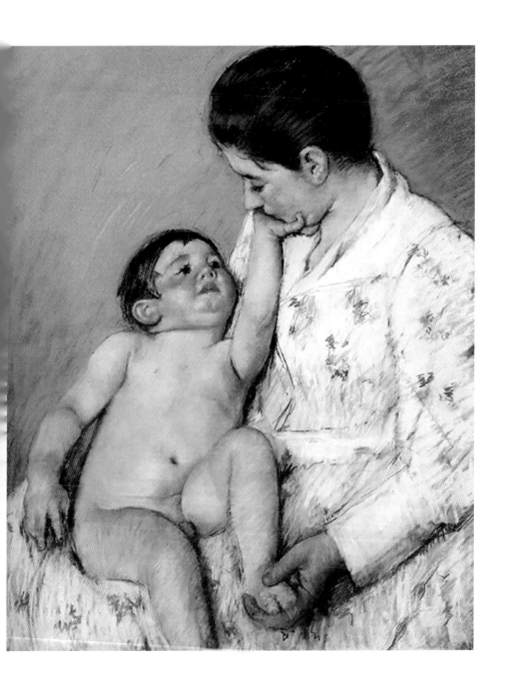

메리카사트 | 아기의 첫손길 | 1890년

여가를 즐기는 모습을 자유롭게 화폭에 표현할 수 있었다.

반면 여성화가들은 가정집, 오페라 공연장 등 극히 제한된 공간만을 그릴 수 있었다. 상류층이나 중산층 여성에게는 모든 장소를 출입할 수 있는 권리가 주어지지 않았다. 동반자 없이 혼자 공공장소에 나타나는 것은 예의범절에 어긋나는 일이었기 때문이다.

남성화가들처럼 외출과 출입의 자유를 누릴 수 없었던 카사트는 여성에게 허용된 공간인 가정을 선택했고 오직 여성만이 그릴 수 있는 방식으로 그림을 그렸다. 그것이 남성화가들은 그릴 수 없었던 섬세하고도 여성적인 감수성으로 빛나는 모성애가 주제인 명화들을 탄생시킨 배경이었다.

소설가 레프 톨스토이의 딸인 타티야나는 『딸이 본 톨스토이』라는 자서전에서 '톨스토이주의'라고 불리는 인도주의 사상의 원천은 어머니에 대한 사랑이었다고 밝혔다

> 할머니에 대한 추억은 아버지의 인생에서 어두운 시절의 구원이 되고 피난처가 되었다. 아버지는 누군가를 미워하는 마음이 생기면 이렇게 생각했다.
> "그 사람에게서 어떤 좋은 점을 발견하도록 노력하자. 이 세상에서 가장 사랑스런 사람이라고 생각하자. 마치 어머니처럼."

화가와 소설가는 이 땅에서 갈등과 분열, 폭력이 사라지고 용서와 사랑, 평화와 화해의 정신이 자리할 수 있는 방법을 가르쳐주었다. 바로 타인을 어머니처럼 생각하는 것이다.

우리가
꼬마였을 때

꼬마 노먼 록웰, 눈에 멍이 든 소녀

그림의 배경은 초등학교 교장실 밖의 복도.

눈에 멍이 들고 무릎에 반창고를 붙인 여자아이가 익살스런 표정을 지은 채 의자에 앉아 있다. 그림 오른쪽의 열린 문 틈으로 남자와 여자의 모습이 보인다. 걱정스런 표정의 젊은 여성은 담임교사이며 근엄한 표정을 짓고 있는 남자는 교장이다. 소녀는 학교에서 소문난 말썽꾸러기, 오늘도 학생들과 한바탕 몸싸움을 벌인 모양이다. 그러나 교장실로 불려온 소녀는 반성하기는커녕 즐거운 기색이 역력하다.

어른들은 모른다. 그들의 눈에는 말썽으로 보이는 행동들도 아이들에게는 신나는 놀이라는 사실을. 천진한 어린 시절도 되돌아가고

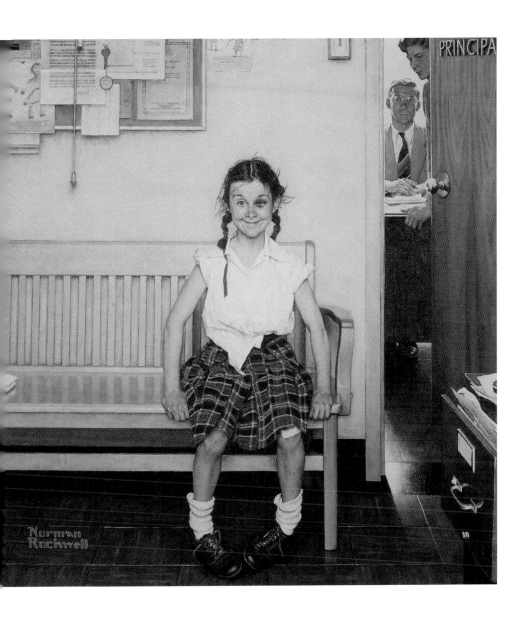

노먼 록웰 | 눈에 멍이 든 소녀 | 1953년

싶은 충동이 느껴지는 이 그림은 미국의 화가인 노먼 록웰의 대표작이다. 록웰은 미국인들이 가장 사랑하는 화가 중의 한 사람이다. 평범하고 선량한 미국인의 일상을 그림의 주제로 삼는데다 정겹고도 유머러스하게 표현하는 재능이 탁월했기 때문이다.

이 그림에는 재미있는 에피소드도 전해진다. 록웰은 멍든 소녀의 눈을 실감나게 표현하기 위해 멍든 눈을 가진 사람들을 찾는다는 이색적인 신문기사를 내보냈다. 전국 각지에서 너무나 다양한 멍든 눈을 가진 수많은 사람들이 신문에 제보를 해서 그가 즐거운 비명을 질렀다고 한다.

J. D. 샐린저의 소설 『호밀밭의 파수꾼』에는 다음과 같은 구절이 나온다.

> 난 늘 넓은 호밀밭에서 꼬마들이 재미있게 놀고 있는 모습을 상상하곤 했어.
> 어린애들만 수천 명이 있을 뿐 주위에 어른이라고는 나밖에 없는 거야.
> 그리고 난 아득한 절벽 옆에 서 있어. 내가 할 일은 아이들이 절벽으로 떨어질 것 같으면, 재빨리 붙잡아주는 거야.

호밀밭의 파수꾼이 될 어른이 필요하다. 아이들은 우리가 지켜주어야 하는 순수함의 상징이기 때문에.

초판 1쇄 인쇄 2015년 7월 6일
초판 1쇄 발행 2015년 7월 13일

지은이 이명옥
펴낸이 김선식

경영총괄 김은영
마케팅총괄 최창규
책임편집 백상웅 **마케팅** 이상혁
콘텐츠개발2팀장 김현정 **콘텐츠개발2팀** 백상웅, 문성미, 이은
마케팅본부 이주화, 이상혁, 최혜령, 박현미, 반여진, 이소연
경영관리팀 송현주, 권송이, 윤이경, 임해랑

펴낸곳 다산북스 **출판등록** 2005년 12월 23일 제313-2005-00277호
주소 경기도 파주시 회동길 37-14 3, 4층
전화 02-702-1724(기획편집) 02-6217-1726(마케팅) 02-704-1724(경영관리)
팩스 02-703-2219 **이메일** dasanbooks@dasanbooks.com
홈페이지 www.dasanbooks.com **블로그** blog.naver.com/dasan_books
종이 월드페이퍼(주) **출력·인쇄** 현문 **후가공** 이지앤비 **특허** 제10-1081185호

ISBN 979-11-306-0574-6 (03810)

다산북스(DASANBOOKS)는 독자 여러분의 책에 관한 아이디어와 원고 투고를 기쁜 마음으로 기다리고 있습니다.
책 출간을 원하는 아이디어가 있으신 분은 이메일 dasanbooks@dasanbooks.com 또는 다산북스 홈페이지 '투고원고'란으로
간단한 개요와 취지, 연락처 등을 보내주세요. 머뭇거리지 말고 문을 두드리세요.